KB104259

함부로
위로 받으려
하지마

함부로
위로 받으려 하지마

초판 1쇄 발행 2022년 06월 08일

지은이 예슬린(Yay, S. Lin) & T. Choi
삽화 조연

펴낸이 류태연
펴낸곳 렛츠북
주소 서울시 마포구 양화로11길 42, 3층(서교동)
등록 2015년 05월 15일 제2018-000065호
전화 070-4786-4823 | **팩스** 070-7610-2823
이메일 letsbook2@naver.com | **홈페이지** http://www.letsbook21.co.kr
블로그 https://blog.naver.com/letsbook2 | **인스타그램** @letsbook2

ISBN 979-11-6054-552-4 03810

함부로
위로 받으려
하지마

예슬린(Yay, S. Lin) & T. Choi

함부로 받은 위로로,
절대 나를 바꿀 수 없다

위로는 좋은 것이다.
위로를 받는 사람은 마음의 위안을 얻어 편안해지고, 위로를
해 주는 사람은 좋은 일을 한 것 같아 기쁘다.

하지만 힘든 상황을 겪은 사람이 위로만 받는다고 해서 그 사
람의 삶이 바뀔까?
그건 아니다. 위로는 힘든 상황을 견디게 하는 영양제의 기능
은 할 수 있지만, 힘든 상황을 다시 겪지 않도록 삶을 본질적
으로 바꿔 주는 수단은 아니기 때문이다.

이 책을 쓰게 된 이유는 바로 이것이다.

사람은 힘든 상황을 겪으면 위로받고 싶다. 그러나 위로받는 것에만 중독되면 자신의 삶이 바뀌지 않는다.

이제는 이러한 위로의 효과들을 '명확히' 깨달아야 한다.

이 책은 바로 이것을 깨닫게 해 줄 것이다.

힘든 일을 겪은 사람에게 "괜찮아. 다 잘 될거야."라고 말하는 것은, 듣는 사람에게 큰 위로가 된다.

하지만 잘 될거라는 말만 듣는다고 상황이 정말로 괜찮아지지 않는다. 힘든 상황을 이겨 내고 좋은 상황을 만들어 내려면 괜찮아지려는 스스로의 노력이 더 필요한 것이다.

태어나면서부터 위로받으며 살고 싶은 사람은 없다.

그런데 위로라는 것은 한번 듣기 시작하면 그 자체가 목적이 되어 버린다. 한 살 한 살 나이를 먹으면서, 어렵고 힘든 상황에 놓이면 그것을 헤쳐 나가기 위해 노력하고 결국, 극복하고 성장하는 과정이 필요하다. 하지만 어렵고 힘든 상황을 극복하지 못해 두려운 상황에 놓이면 우리는 위로만을 구한다.

그리고 그 위로가 당연한 것으로 삶을 살아가는 목적으로 여긴다. 그래서 현재의 사회는 위로가 난무하고 문제의 본질을 외부에서만 찾으려 한다.

개인이 처한 어렵고 힘든 상황에 대한 문제의 본질을 외부에서만 찾으려고 하면, 누구나 자신의 문제를 완전히 극복하기 힘들다.

세상의 어렵고 힘든 일은 상황에 의해 야기되지만, 그렇다고 해서 그런 일들 모두 외부의 상황에 의해서만 발생한 것은 아니다. 나로부터 시작한 문제도 많다. 나 자신이 상황을 어떻게 바라보는지, 어떻게 그 상황에 대처하는지, 다시 일어날 수 있는 그 상황에 어떻게 대비하는지. 이런 것들을 신경 쓰지 않고서는 어렵고 힘든 일을 또 겪지 않으리란 법이 없다.

많은 사람이 따뜻한 위로만 받으면 나의 어려운 상황이 좀 나아질까 싶어 위로받고 기도하고 이런 일들로 시간을 보낸다.

이렇게 누군가에게 위로받고 기도하면 마음은 평안을 찾을 수 있지만, 그 평안이라는 것은 일종의 정신승리 같은 것이다. 자신의 삶을 본질적으로 바꾸는 것이 아니라 생각만 바꾸는 것이다.

그러니 우리는 '함부로' 위로받으면 안 된다.

아무리 어렵고 힘든 일이 있을지언정, 누군가에게 함부로 위로받고 마음의 위안을 얻는 일은 자신의 삶을 바꿀 수 있는 시간을 지체할 뿐이다. 위로받으면 마음이 편해지고, 문제를 객관적으로 바라볼 수 없게 되며, 상황을 바꾸려는 노력보다 상황을 이해하려는 노력을 더 하게 된다. 진심 어린 위로는 한 번에서 두 번이면 충분하다. 그다음에 위로보다는 스스로 바뀌려는 노력이 필요한 것이다.

"위로받는 것은 좋으나, 함부로 위로만 받으며 스스로의 삶을 바꾸길 지체하지 마라."

이 책의 메시지는 이처럼 분명하다.

그리고 그 메시지는 스물아홉 가지의 단어를 통해 창작되었다.

이 책은 스물아홉 개의 단어로 시작한 '위로'와 관련한 내용이 세 개 파트의 내용을 구성하고 있다. 위로가 낭비되는 사회에 대한 '관찰', 위로만 원하는 사람들에 대한 '진단', 위로받기에서 벗어나는 '치유'에 관한 내용까지. 이 세 파트의 내용을 통해 독자가 스스로 깨닫기 바란다. 왜 우리가 함부로 위로를 받으면 안 되는지, 위로받지 않는 삶을 살기 위해서 무엇을 어떻게 해야 하는지 말이다.

역시, 함부로 받은 위로는 절대 나를 바꿀 수 없다.

왜 그런지, 어떻게 해야 하는지. 이 책을 통해 발견해 나가면 좋겠다.

치유: 위로보다 더 필요한 것을 찾아 나서며

책을 덮으며

관찰

위로가 낭비되는 사회를 살아가며

위로중독 사회

친구가 얘기한다.

"요즘 일이 안 풀려 힘들다."

직장에서

일이 안 풀리고,

집에서는

부부 사이 관계와 아이들 때문에 힘들고.

대략 이런 얘기들을 나에게 늘어놓았다.

나는 이 친구 얘기를 가만히 듣는다.

그리고 대답한다.

"힘들었겠구나."

·이 친구 얼굴의 불편한 표정이

조금은 누그러지는가 싶더니

이번에는 자신의 꿈, 미래,

갖춰지지 않은 전문성 등에 대해 걱정을 시작한다.

나는 가만히 듣는다. 그리고 대답한다.

"정말 힘들었겠구나."

이 친구는

본격적으로 자신이 못난 사람임을 증명하듯

토해 내기 시작한다.

남들이 보기에는 어려서부터 가정이 화목한 듯 보였으나

자신은 어떤 고민과 상처가 있었고,

부모는 그것을 받아 주지 않았으며

친구 관계도 좋은 것 같았는데

많은 사람에게 배신당해 봤고,

그러면서 자기 인생이 위축되었다고.

자기 자신의 심경이 나락으로 빠지는 걸 경험하고선

신경정신과를 찾았고

우울증과 공황장애가 의심된다는

의사 소견을 듣기도 했으며,

이제는 사람들도 무섭다고 한다.

나는 가만히 듣는다. 그리고 대답한다.

"정말 많이 힘들었겠구나."

이 친구는 이제

세상에 자기가 태어난 이유가 무엇일까를

격정적으로 질문한다.

자신이 왜 태어났는지 모르겠고

이것이 인생이라면 더 마음대로 하고 살아야 하는 것이
아니냐며,
이제부터는 그렇게 살고 싶다고
으름장인지 다짐인지 외침인지.
여하튼 불분명한 톤으로 이야기를 한다.

나는 가만히 듣는다. 그리고 한숨을 쉬며 말한다.
"너 정말 많이 힘들구나???"

위로라는 게 이렇다.
자신의 얘기를 잘 들어주고 공감하는 사람이 있다면,
한 번은 자신의 괴로움이 조금이나마 덜어지고
슬픔이 달래진다.

하지만 이것이 두 번 세 번으로 넘어가면
위로를 듣고 싶은 마음은
다시 위로를 듣고 싶은 마음을 낳는다.
위로를 받으려는 사람과

위로를 하는 사람의 대화도

그렇게 끊임없이 이어진다.

혹자는 이러한 공감과 위로를 통해

많은 상처와 슬픔이 치유될 수 있다고 말한다.

물론, 맞는 말이다.

그러나 우리는

단 한 번이라도 위로받으려는 내 마음의 실체를

깊고 오랜 시간 생각해 본 적이 있는가?

직장이나 집안 사정같이 바뀌지 않는 주변 상황에서부터

자신의 꿈과 미래 같은 예측할 수 없는 경우나

되돌릴 수 없는 가족사와 성장사며

자신의 존재 이유나 우주의 신비를 묻는 물음까지도.

대체 이러한 것들에 대해

왜 자신이 타인에게 위로받으려 했는지를

진지하게 생각해 보았냐는 것이다.

현재 시점에서 바꿀 수 없는 주변 상황에 대해서는

나 자신을 바꿔 대응해야 근본적인 해결이 가능하고,

자신의 꿈과 미래에 대해서는

나 자신이 지금부터 노력해야 근본적인 해결이 가능하며,

되돌릴 수 없는 가족사와 성장사에 대해서는

어렵지만 과거를 잊고 앞으로 나아가려 노력해야 한다.

자신의 존재 이유와 풀리지 않는 우주의 신비에 대해서는…

아마도 평생 수양하며 공부하여 깨달음을 얻어야 할 것이다.

사실 대부분 위로받고자 하는 일들은

나로부터 그 문제의 해결책을 찾아야 하는 것들이다.

물론,
위로 그 자체의 의미와 효과를 부정하는 것이 아니다.

하지만 많은 사람이
스스로 위로받고자 하는 일을 만들고 싶지 않거나,
자신이 위로받을 만큼 없어 보이는 사람이 되는 것은
원하지 않으면서도
근본적인 자신의 문제에 대해 해결하려는
그런 노력을 하지 않은 채 위로받으려 하고,
혹은 위로하는 것에만 몰두하는 데 쓰는 에너지가
참 아까운 생각이 드는 것이다.

확실히 오늘의 사회는 위로중독 사회다.
힘든 일, 우울한 일, 슬픈 일에 위로해 주는 것이
최고의 미덕이다.
위로받으려는 사람이 더 인간적으로 보이고,

위로하는 사람이 더 인격적으로 성숙해 보인다.

하지만 그들 모두 누군가를 위로하거나 위로받지 않는
행복한 사회를 꿈꾼다!

위로란 좋은 것이다.
하지만 위로받을 일을 만들지 않으려는 노력도 필요하다.

위로받을 일이 많아지면 더 우울해지고,
스스로 낮은 사람으로 느껴지고,
그러면서 자신을 파괴할 수도 있다는 것을.
이제 우리는 알아채야 할 것이다.

이제 정말
위로중독에서 벗어나는 방법을 찾아봐야 한다.

최선의 위로라는 것

회사에서 상사로부터 좋지 않은 평가를 받고
승진에서 누락된 친구를 만난 적 있다.

그 친구는
"상사가 시키는 일을 다 해냈고,
기분을 상하게 하는 일도 없었는데
어떻게 나를 승진에서 누락시키고
다른 아무개를 승진시킬 수 있냐."라고
불만을 토로했다.

듣고 나니, 친구는 화가 날 만했다.

친구는 야근도 많이 하고 책임감을 가지고 일을 했으며

상사로부터 승진을 할 수 있을 것이라는

확답까지 받았다니 말이다.

친구는 화를 내며 말하더니

이내 우울해지는 감정을 드러냈고

다음에는 거의 울먹이는 것처럼

목이 멘 채로 말을 이어 갔다.

친구의 말을 듣고 나도 우울해지려는 찰나.

나는 그 친구에게 해서는 안 될 말을 한다.

"사실 너는 억울하겠지만

승진이라는 것이 한정된 수로 일부의 직원에게만

기회가 주어지는 것이라서

너 대신 다른 사람이 승진한 것일 거야.

그 사람이 받은 평가점수가

너보다 0.1점이라도 더 높았을 거야.

그러니 너무 실망하지 마.

다음에 더 점수를 따서 승진하면 되지."

라고…

사실 그 친구에게 그런 말을 해서는 안 되는 것이었다.

나는 반드시!

"어떻게 너 같은 인재를 승진 안 시킬 수가 있냐.

그건 회사도 아니야. 정말 난 이해할 수가 없네.

대체 니네 회사 인사 시스템은 누가 만든 건데

그렇게 거지 같냐!"

라고 해야 했다.

내가 그 친구와 정말 친한 친구라고 한다면,

공감하는 태도를 취하면서 그 친구의 인사 결과에 대한

객관적인 평가를 해서는 안 됐다.

사실,
친구와의 대화 중 많은 부분이 생략되었지만
난 그 친구가
왜 승진에서 누락되었는지 대략 짐작이 갔다.

회사마다 승진의 요건에는 여러 가지가 있을 텐데
내 눈에는 확실히
그 친구가 승진되지 못하는 요인들이 보였다.

그래도
친구여서 최대한 객관적인 평가를 줄이고 줄여서
친구에게 듣기 좋은 말을 하려고 했다.
그러나 친구를 위로해 주는 데 실패한 것이다.

나의 객관적인 평가가 섞인 위로를 뒤로하고,
그 친구는 세상을 잃어버린 표정으로

술집을 나섰던 게 기억난다.

그리고 많은 시간 그 친구와 연락이 닿지 않았다.

사실,

위로라는 것을 받고자 하는 사람들은

자신의 관점에서 상대가 공감해 주기를 바란다.

그래서 위로받으려는 사람에게는

객관적 평가도, 냉철한 논리도 필요가 없다.

최선의 위로라는 것은 대개

"어떻게 그 사람이 너에게 그럴 수 있냐."

"내가 그 사람이라면, 너에게 그러지 않았을 텐데

그 사람 이상한 사람이네."

"네가 얼마나 노력했는데 그런 결과가 나올 수 있냐."

라는 식의 문구로 구성되어야 한다.

타인이나 주변 상황, 아닐 수도 있는 예외의 가능성 등을

모두 차치해 버리고

위로받고자 하는 사람의 관점에서만 대화해야

좋은 위로로서의 점수를 얻을 수 있다.

자,

만일 친구에게 그러한 종류의 위로를 했다면,

이러한 위로라는 것이 가져다주는 결과는 무엇이었을까?

친구는 승진에서 누락된 마음의 상처를 치유 받았을까?

친구가 위로를 받고 기운을 얻어서

기분 좋게 회사 생활을 이어 갈 수 있었을까?

아니면, 친구가 자신이 승진에서 누락된 이유를 알아채고

다음번에는 승진할 수 있었을까?

위로받고자 하는 그 친구의 관점에서만 위로해 주는 일이

그 친구가 앞으로 행복해지는 데 무슨 효과를

가져다줄 수 있는지 정말 모르겠다.

분명히 그 친구의 다음 승진을 기원하는 마음으로

최선을 다해 위로해 주었는데도

그 친구는 그러한 종류의 위로에
완전히 만족하지 않은 것이다.

그래서 결과적으로 그 친구는 마음이 상했고
위로해 준 사람은 그 친구에게 공감도
위로도 잘하지 못하는 사람이 되어 버렸다.

결국, 그 친구는 자신의 문제를 발견하지 못한 채
다음 승진도 누락될 것이다.
그리고 또 술자리에서 다른 친구가 자신을 공감해 주고
또 위로해 주기를 바랄지 모를 일이다.

항상 위로만 받고 싶어 하는 사람을
'위로중독증'에 걸린 사람이라고 칭해 보자.

위로중독증에 걸린 사람은
공감해 주는 것을 바라는 사람이 아니다.

그들은

자신의 관점만이 옳다고 인정받기를 바란다.

그들은

스스로 처한 상황을 바꾸려는 노력보다

그저 자신이 처한 불편한 상황이

자기 탓은 아니라는 것을

타인에게서 확증 받기를 원한다.

그래서 결국,

그들에게 최선의 위로는

"그래 너의 말이 맞아."

라는 말이다.

그리고

"세상 사람들이 누가 뭐래도 나는 너를 믿어."

라는 말이다.

반면,

"네가 바뀌어야 해."

라는 말은

절대로 그들에게 최선의 위로가 안 된다.

그들은 문제의 해결보다

자신이 옳고 문제가 없는 사람이라는 것을

꼭 상대방에게서 듣고 싶어 그러는 거니까.

최선의 위로를 통해

누군가를 어려운 상황에서 구해 내는 일은

이토록 매우 어렵다.

누군가를 늪에 가두는 위로,
"너의 잘못이 아니야"

[루저]

말이나 행동, 외모가 볼품없고

능력과 재력도 부족하여

어디를 가든 대접을 받지 못하는 사람.

내가 루저라고 생각했던

그 사람이 생각난다.

그는 말이나 행동, 외모가 볼품없는 사람이 아니다.

능력과 재력은 조금 부족할지 모르지만

그렇다고 아주 나쁜 수준은 아니다.

하지만 그는

사람들에게 대접을 받지 못한다.

사람들은 그를
겉으로 대접해 주는 척은 했을지 몰라도,
그를 지속해서 만나며
진심으로 감정을 함께 나누고자 했던
그런 사람은 드물었다.

그의 특징을 아주 짧게 간추리자면,

그는
자신 주변에서 일어난 모든 잘못의 책임을
타인의 탓으로 돌리는 특징이 있었다.

어쩌면
말이나 행동, 외모가 볼품없지 않고
능력과 재력도 형편없는 수준이 아닌 그가
점차 하는 일마다 실패를 거듭하게 된 데에는

그런 그의 특징이 한몫했다고 해도 과언은 아니다.

그는 한창 성장해야 할 나이인

20대 중반에서 30대 초반의 나이에도

자신이 실패한 모든 결과를 타인의 탓으로 돌리는

그 입장을 굽힌 적이 없다.

그렇게

자신의 주변에서 일어난 모든 잘못의 책임을

타인의 탓으로 돌리는 습관이 굳어지니

그는

스스로 단점이 없는 사람이 되어 버렸다.

결국, 그는 실패를 통해

뭔가 배울 수 없는 사람이 되어 버린 것이다.

당시 그의 주위에 있던 사람들은

긴말을 해 봤자 자신의 입장을 굽히지 않고

싸우려고 덤비는 그에게

"그래, 너의 잘못이 아니야."

라는 식의 위로를 남발했다.

너의 잘못이 아니고,

이번에는 상황이 잘못되었고,

너 주변에서 다른 사람이 일 처리를 잘못했고,

그 회사가 문제고, 그 사람이 문제고

제도가 잘못되었고, 이 나라가 문제고…

당시,

이런 말들을 들은 그는

불만 섞인 표정을 조금은 누그러뜨렸다.

지금은 그와 연락이 닿지 않지만,

그가

"너의 잘못이 아니야."
라는 위로의 말을 듣는 것을 아직도 좋아할지
참 궁금하다.

그런 위로가
그를 늪에 빠뜨려
스스로의 배움과 성장을 막았을 텐데
그는 아직도 그런 위로를 좋아하고 있을까?

수준 낮은 위로. 그 종류는 참 여러 가지다.
누군가를 늪에 빠뜨리는 위로도 있지만,
그 늪에서 절대 헤어 나오지 못하도록 하는
그런 위로도 있다.

많은 사람이
슬픔에 잠겨 있는 누군가에게
그런 위로를 남발하고 있다.
문제는 이런 위로를 원하는 그들은

스스로 늪에 빠지고 있는 것을

모른다는 것이다.

그래서 헤어 나올 생각도 없다.

늪에서 헤어 나오려고

손을 내미는 시늉이라도 해야

구조하려 노력이라도 해 줄 텐데.

그들은 늪에서 헤어 나오기보다,

서서히 늪으로 빠져드는 자신에게

곧 괜찮아질 거라 위로해 주길 바란다.

당신은 '원래' 위로받기 위해
태어난 사람인가?

[원래]

처음부터 또는 근본부터.

어떤 사람과 대화하다 보면
참 귀에 거슬리는 말이 있는데,
'나는 원래 그래.'
라는 말이다.

이 말은 그냥 흘려들을 때는
아무 의미가 없는 말이지만

누군가가 진심 어린 조언이나 직언을 요청해서

대화를 시도해야 하는 경우에는
참 이상한 말이 된다.

다음의 대화를 보자.

"너 이번에 시험에 떨어진 이유가 있어?
문제가 무엇인 거 같아?"
"나는 '원래' 그런 시험을 못 보는 사람이야."

"그렇게 회사 관두고 싶으면, 장사라도 해 봐."
"나는 '원래' 사람들과 대화하는 걸 싫어해."

"나이 먹었으면 독립을 해 보면 어때?
너만의 길을 가 보는 거지."
"나는 '원래' 혼자 있는 걸 싫어해."

"그렇게 잠을 잘 거 다 자고,

어떻게 공부할 시간이 있겠어?"

"나는 '원래' 잠이 많아."

"사람만 그렇게 많이 만나기보다는,

당분간 네가 이루고 싶은 꿈에 매진해 봐."

"나는 '원래' 사람 만나는 걸 좋아해."

참 희한하다.

상대가 조언을 원하여 조언을 해 주거나,

자신의 문제가 뭐냐고 물어

이를 지적해 직언하려 하다가도.

상대가

"나는 원래 그래."

라고 말하면

더는 할 말이 없어진다.

"나는 원래 그래."

라고 자주 말하는 사람이

자신이 잘 살고 있다고 스스로 믿으며

자신의 삶에 만족하고 산다면

아무런 문제가 생기지 않는다.

하지만

이들 스스로 자신이 잘못 살고 있다고 자책하고

자신의 삶에 만족하지 못한 채 살아가며

그러면서 스스로 생각하기에 실패만 거듭하여

타인의 위로조차 듣기 싫고 지겨운 사람들은

"나는 원래 그래."

라고 말하는 입버릇을 고쳐야 한다.

왜냐하면,

'원래'라는 단어에

"나는 변화할 수 없는 사람이에요."

라는 의미가

포함되어 있기 때문이다.

"나는 원래 그래."
라고 말하는 사람에게
당신의 '원래'는 대체 무엇이냐고 묻고 싶다.

그리고 당신의 그 '원래' 때문에
당신이 변화하지 못하는 것은 아닌지
생각해 보라고 권하고 싶다.

하고자 했던 일, 마음먹은 일이 뜻대로 되지 않아서
마음이 아픈 사람들은
부디 위로를 받지 말고,
자신의 잘못된 부분에 대한 분석을 받아야 한다.
"나는 원래 그래."를 입에 달고 사는 사람들은
스스로의 모습에 대한 날카로운 분석을 받기 힘들다.

'나는 원래 그렇다'
라고 방어막을 만드는 사람에게
누가 무슨 날카로운 분석을 해 줄 수 있겠는가!

그러니

자신이 변화하길 원하는 사람은

"나는 원래 그래."가 아니라.

"나는 바뀔 수 있어."라는

입버릇을 만들어야 한다.

그래야 자신이 처한 힘든 일들을

앞으로는 개선해 나갈 수 있다.

그래야 누군가에게 위로받을 일도 없어진다.

심지어

누군가를 위로해 주는 사람이 될 수도 있다.

만일,

현재 자신의 삶이 마음에 들지 않는다면

위로만 해 주는 사람보다는

지금 당장

자신을 객관적으로 읽어줄 수 있는 사람을 먼저 만나자.

그리고 그들에게 말하자.

"나는 충분히 변화할 수 있는 사람이야."

라고.

"나는 지금 당장 변할 거야."

라고 말이다.

당신은 사랑받기 위해 태어난 사람이지,

위로만 받기 위해 태어난 사람이 아니다.

지금 당장 바뀔 수 있다.

지금 당장 당신의 '원래'를 버린다면.

위로를 사랑으로 착각하는
수많은 연인

[깜냥]

스스로 일을 헤아림. 또는 헤아릴 수 있는 능력.

여기 사랑을 잃고 목놓아 우는
청년이 있다.

이 청년과 사귀는 동안
이 청년이 힘들 때면 언제나
따뜻하게 위로해 주었다는
그 사람.

평소 그렇게 위로를 잘해 주던 그 사람은

정작 이 청년이 가장 힘들어할 이별을 던져준 채로

대체 왜 이 청년을 떠나야만 했을까?

답은 의외로 간단히 몇 개로 추릴 수 있다.

1.

그 사람이 이 청년과 사귀는 동안 베풀었던

위로의 말과 행동은

그 사람에게는

매너 같은 것이었을 가능성이 크다.

2.

그 사람은 이 청년과 사귀는 동안

이 청년이 힘들어할 때마다 위로를 해 주기는 했지만,

이 청년에게서

비관적인 기운을 자주 느꼈을 것이다.

3.

그 사람에게

다른 사랑이 찾아왔을 수 있다.

4.

그 사람은 누군가를 위로해 줄 만한

'깜냥'이 안 되는 사람이었을 것이다.

1번에서 4번까지의 가능성을 열어 두고

그 사람이 이 청년에게 베풀었던

따뜻한 위로의 말과 행동의 실체를 탐색해 보자.

1번의 경우

답이 이미 나와 있다.

그 사람은 원래 힘든 사람을 그냥 지나치지 못하는

그런 사람으로

이 청년이 아니라도 누구든 힘들면 몸소 위로해 줄

그런 사람이었다.

그 사람은

몸에 '위로해 주기'가 매너처럼 장착된 사람이었다.

이 청년에게 베풀었던 위로도 그 사람에게는

사랑의 표현만은 아니었을 것이다.

2번의 경우

그 사람은 청년이 힘들 때마다 위로라는 것을

해 주기는 하였으나

속으로는 엄청난 스트레스를 받아 왔다.

위로라는 것은

상대의 슬픔을 함께 아파해 줘야 하며

몸소 상대의 비통한 심정을 함께 느껴야

진정한 위로의 기능을 한다.

청년에게 그 사람은

평소 진정한 위로를 해 준다고 생각할 만큼의

행동을 했다.

청년을 위로해 주었던 바로 그 순간만큼은

청년의 비통함을 몸소 체감해 주었으니 말이다.

물론,

그것이 그 사람 스스로

비관적인 감정을 불러일으켜

이별까지 하게 되었지만.

3번은 별로 말할 가치가 없다.

4번의 경우가 중요한데

대부분의 사람이 4번의 경우를 겪는다고 본다.

이는 우리 모두의 자화상 같은 얘기다.

사람은 누구나 누군가를 위로만 해 주는 것을 원치 않는데,

자신이 사랑하는 사람이 힘든 일을 겪으면

그나마 쉽게 해 줄 수 있는 게 위로다.

하지만 사랑이라는 것은

사람들의 '위로해 주기 깜냥'을 조금만 향상시킬 뿐.

대부분의 현대인은 누군가에게 무한정 위로만 해 줄

그런 깜냥이 안 된다.

우리는 사랑을 하면

대개는 눈이 멀어

그 사람이 지닌 본래의 모습을 알아채지 못한다.

매번 힘들다고 위로해 달라는 사람을,

사랑하는 사이에는 사랑의 힘으로

몇 번 위로해 줄 수 있지만,

대개의 사람은

무한정 누군가를 위로해 줄 능력이 없다.

위로를 해 주기도 하고 때로 받기도 하고

뭐 그런다면 모를까.

일방적인 사랑도,

조건 없는 위로란 것도 존재하지 않는 것이다.

그래서 이 청년을 떠나간 그 사람은

아주 일반적인 4번 유형의 사람이었으므로

이 청년을 떠났을 거라 짐작한다.

이 세상에 있는 사람 중 누군가

나의 힘든 점에 대해

무한한 관심과 애정을 가져 주고

무한정 위로까지 해 주는 사람이 있다고 치자.

그 사람의 정체는

내 옆의 애인이 아니라

엄마 아니면 아빠일 가능성이 크다.

원래 무한한 사랑이라는 것은

그렇게 흔한 감정이 아니다.

쇼핑앱에서
'위로해 주는 인공지능(AI) 스피커'를 검색하다

[인공지능]

인간의 지능이 가지는 학습, 추리, 적응, 논증 따위의

기능을 갖춘 컴퓨터 시스템을 말함.

그가

단톡방에 메시지를 남긴다.

자신이 현재 얼마나 힘든지에 대해

주저리주저리 늘어놓는다.

힘든 사람은 일단 도와주라는

25년 전쯤 엄마가 하신 말씀이 생각나서

그의 카톡 메시지를 열심히 읽는다.

장문의 카톡 메시지를 읽는 동안
그가 참 불쌍한 사람이라는 생각이 들었다.

날씨 좋은 가을의 한 시절이 지나고 있는데
그가 스스로
남에게 상처받았다고 생각하고 우울해하고 있어서
참 걱정이 많이 되었다.

사실, 당시 그는
자신이 느꼈던 감정만큼 상처받을 일을
겪은 것은 아니었다.
그가 느꼈던 상처를 전해 들은 단톡방 사람들도
이미 그렇게 느끼고 있었다.

단지 단톡방의 사람들은
그가 이런 화창한 날에 우울하게 그러고 있으니

안타까워했을 뿐이다.

하지만 힘들어하는 그를
누군가는 위로해 주어야 한다.

어떻게 해야 하나.
위로에 관한 매뉴얼을 펼쳐야 한다.

누구나 알고 있는
'위로의 단계'가 있지 않은가.

경청이 그 첫 단계인데
위로가 필요한 사람의 말을 잘 들어준 다음
그 사람의 입장을 마음의 중심에 두고
격하게 공감해 주어야 한다.

단톡방에서 누군가

이 '위로의 단계'가 적혀 있는

매뉴얼을 꺼내서 실행하기 시작한다.

격한 공감을 통한 위로로 시작한다.

충분히 위로받았다고 생각한 그는

너무 흡족해한다.

물론, 그날 그가 흡족했다고

이후로 삶의 자세가 바뀌지는 않았다.

단톡방의 누군가는

자신의 머릿속에 있는

'위로의 단계'라는 매뉴얼을 꺼내어 행동했을 뿐이다.

이러한 매뉴얼을 통해서

위로받은 그가 느낀 흡족감이란

고작해야 '사람들은 나의 편'이라는 것 정도를 느낀

그런 만족감에 불과하다.

그는 날씨 좋은 가을의 한 계절이 가도록
그가 느낀 괴로움과 슬픔을 단톡방에 쏟아 냈다.

그리고 그때마다
누군가는 '위로의 단계' 매뉴얼로
그를 위로했다.

이제는
단톡방에서 그를 위로를 해 주는 그 누군가가
프로그래밍이 된 인공지능(AI) 스피커같이 느껴진다.

자신의 힘든 점만 강조하고
스스로 바뀌려 하지 않는 그에게
매뉴얼대로 위로만 해 주니 말이다.

그리고,
이 스피커에

그는 위로받았다고 느끼며 흡족해한다.

이 반복되는 알고리즘을 그는 알아채고 있을까?

아니,

그는 위로받는 것만을 목적으로

단톡방에 글을 올리고 있는지도 모르겠다.

'사람들은 나의 편'이라는 걸 느끼기 위해.

가을이 지나자

겨울이 왔다.

날이 추워지니 쓸쓸해진다.

괜히 우울해지고 위로받고 싶어진다.

쇼핑앱을 열어,

'위로해 주는 스피커'를

검색해 본다.

진짜 위로를 해 주는 스피커인지는 모르겠으나,

검색결과로 상품들이 보이긴 한다.

선물하기 버튼을 눌러

그의 주소를 찍는다.

반려동물과 반려식물,
그들은 말을 하지 않아 위로가 되었다

[반려]

짝이 되는 동무.

반려동물이나 반려식물을 키우면 흔히 있는 일.

개인적으로 힘든 일이 있는 날이면
키우는 강아지에게 푸념하거나,
창가 옆 선인장에 말을 걸며,
어항의 구피에게 의견을 묻는다.

한참의 시간 동안 말을 하지만
강아지는 낑낑대며 내 손을 핥아대고

선인장은 그대로 서 있기만 하고
구피는 입만 뻐끔대며 물 표면으로 올라온다.

그들 누구도 나의 말에 호응해 준 것 같지 않았다.
그들 누구도 나의 질문에 대답해 주지 않았다.

하지만 희한하게도
나에게 일어난 힘든 일들이 조금씩 잊히지 시작했다.
그들에게 나의 힘든 점을 말하는 것만으로
상처가 치유되는 느낌이었다.

반려동물이나 반려식물이
나의 힘든 일에 대해 공감해 주는 것 같지 않아도
내가 그 힘든 일을 이겨 낼 수 있는
그 원리는 간단하다.

나의 힘든 점을 스스로 자세히 설명하고,

체계적으로 정리하고 나면

그 힘든 점에 대해

상당히 다각적인 시각을 갖게 되는 원리다.

당시에 내가 왜 힘들었는지,

힘들 때 느낀 감정은 무엇이었는지,

이 상황을 이겨 내려면 무엇을 해야 하는지,

이런 생각들이 정리되고 나면

힘든 일에 대한 해결책이 조금씩 보이기 시작하고

앞으로 나아갈 용기를 얻게 된다.

그래서 누군가에게 위로받는 과정에서도

가장 중요한 과정은

정작 위로의 말이나 조언을 듣는 과정이 아니다.

나의 상황을 자세히 말하고

스스로 되묻는 과정이다.

자신의 생각을 글로써 표현하여

마음의 상처를 치유하는 것도

같은 원리다.

그래서 일기를 쓰면

정신적으로 건강해진다는 말들도 나온다.

결국,

나에게 힘든 일이 일어났을 때

내가 가장 먼저 해야 할 일은

힘든 일에 대한 실체를 찾아내는 것이다.

그다음에는 그 실체의 본질에

최대한 가까이 접근해 봐야 하고

마지막에는 극복하려 노력해야 한다.

이 과정에서 남이 해 주는 위로는

크게 영향을 미치지 않는다.

남의 위로로 어느 정도 마음의 위안을 얻을 수는 있어도

결국, 힘든 일을 발견하고 파악하며 극복하는 일은

스스로 해야 할 일이다.

위로의 말 한마디로

되는 일이 아니란 말이다.

키우던 강아지.

창가 옆 선인장.

어항 속의 구피.

그들은 위로의 말 한마디 없이

힘든 일에서 나를 건져줄 수 있는 존재들이다.

그들은 나 스스로 생각을 정리할 수 있도록

기다려 주기 때문이다.

말 한마디 없이 말이다.

얼마나 위로가 필요해?
'위로앱'을 다운로드해 봐

[위중증]

병세가 위태롭고 무거워

생명에 위협이 있을 수 있는 상태.

스마트폰을 열어

'위로'라는 단어로 앱을 검색해 보자.

마음의 안정을 돕는 음악을 제공하고

어려운 일들에 대해 고민을 듣고 상담해 주거나,

좋은 글귀를 메시지로 전송해 주는가 하면

스스로 일기나 글을 쓰도록 도와주는 등

여러 가지 종류의 앱들이 검색되어 나온다.

일명 '위로앱'이라고 부를 수 있는, 이런 앱들.

과연 이러한 위로앱을 쓰는 사람들은

어떤 사람들일까 상상해 본다.

잔잔한 음악을 들으며

자신이 겪은 어려움을 잊는 사람.

스스로 고민을 쏟아 내는 것으로

정신적 고통을 덜어 내는 사람.

좋은 글귀 하나에 용기를 얻고 힘을 내는 사람.

자신의 처지를 글로 잘 정리하며

미래의 해결책을 찾는 사람.

대략 이런 사람들이

위로앱으로

위로받는 사람들일 것이다.

그런 면에서 보면

위로앱으로 위로받을 수 있는 사람들은

'사람'을 통한 위로는 받을 필요가 없는 사람들이다.

위로를 꼭 받아야만 기분이 좋아지는 병이 있다고 치면,

이런 부류의 사람들은 '위중증'이 아닌 셈이다.

즉,

위로받아야만 기분이 좋아지는 병이 있다고 칠 때,

위중증에 해당하는 사람들이란

꼭 '실물의 사람'을 대면하여 위로받고 싶어 하는

그런 사람이다.

'사람'만을 만나서, 자신의 힘든 상황을 토로하고

위로해 주는 '사람'이 고개를 끄덕여 주어야만 안심을 하는.

또한,

자신이 그 상황을 이겨 낼 수 있다는 확신을

타인인 '사람'으로부터만 얻어야 하는 사람.

이처럼 꼭 타인으로부터

위로를 받아야 직성이 풀리는 사람.

이런 사람들이 위로증후군 집단에서도

위중증 상태에 있는 사람들이라고 할 수 있다.

우리는 언제나 깨달아야 한다.

나를 위로해 줄 수 있는 것은

나 자신뿐이라는 것을.

누군가를 위로해 주는 '위로앱'은

실물의 사람에게 위로받을 필요가 없는 사람들이

이용하는 앱이다.

그래서 위로앱을 사용하는 사람들은

이미 자기 자신을

스스로 위로할 수 있는 사람들이다.

과연 나는 다른 '사람'의 위로가 필요한 사람인지, 아닌지

그것이 알고 싶다면,

위로앱을 다운로드해 보면 된다.

위로앱으로

생각을 전환할 수 있고

다시 앞으로 나아갈 계기를 만들 수 있으며

기분과 감정을 밝게 할 수 있는 사람은

위중증까지는 아닌 상태이다.

자신의 정신적 어려움에 대해

굳이 타인에게 위로받지 않아도 극복이 가능한

그런 내공이 있는 사람이다.

일부러 내는 '혀 짧은 소리'의 유행,
위로 비즈니스가 시작되다

[혀 짧은 소리]

혀가 짧아서 받침이 있는 단어나

끝소리가 명확하지 않은 소리.

우리말이 자연스럽지 않은 외국인들 말투가

귀엽게 느껴지는 이유는

그들의 말투에서

단어나 문장 일부분이

뭉개지기 때문이다.

"크러면 안됑."

"여기 누구 없썽요?"

"안녕히 계세여엉."

"이거슨 뭐양?"

"코맙씁니타아."

마치 아기 말투 같아서

귀엽게 느껴진다.

그런데,

이런 말투는 외국인들만 쓰는 게 아니다.

우리나라 사람 중에서 이미 성인이 되었는데도

이런 말투를 쓰는 경우가 많다.

그들 스스로는 느끼지 못할 수 있지만

오죽하면 요즘 이런 말투를 일상에서 쓰는 경우가 많아

카카오톡과 같은 문자메시지에서

이런 말투로 대화하는 게

그리 이상해 보이지 않는다.

성인이 되어서도 혀 짧은 소리의 말투를 쓰는 사람들을
자세히 살펴보면 몇 가지 특징을 발견할 수 있다.
(물론, 원래 혀가 짧아 발음이 어눌한 분들에게는
해당하지 않는 얘기다.)

1.
스스로 귀여운 척을 하는 것은 아니라고 생각하지만,
기왕이면 센 이미지보다 귀여운 이미지가 낫다고 생각한다.

이들이 일부러 그런 혀 짧은 발음을 하는 것은 아닐 테다.
특히 귀여운 척을 하려고 그런 말투를 하는 것은
더욱 아닐 테다.

그보다
스스로 그런 말투를 했을 때 이를 귀엽게 여겨 주었던
주변 사람들이 많았을 가능성이 크다.

특히,

성장기에 집안에서 이러한 말투로 성인이 될 때까지 살았고

그리 큰 문제가 없이 평탄하고 즐겁게 성장했다면.

자신도 모르게 혀 짧은 소리가

부드럽고 귀여운 인상을 풍겨

자신에게 더 많은 이점을 가져다주었다고 믿게 된다.

자식이 앙증맞고 귀여운 것을 보기 싫어하는

그런 부모는 없으니 말이다.

그래서 어찌 보면

성인이 되어서도 혀 짧은 소리를 내는 사람은

좋은 성격의 부모 아래서 자란 자식,

행복한 가정 출신의 사람이라는 상징(?)이기도 하다.

2.

용기가 없거나 의욕적이지 않은 모습이

사람들에게 호감을 얻기 쉽다고 생각한다.

혀 짧은 소리가 가져다주는 이미지는

용기가 충만하거나 의욕이 넘치는 이미지는 아니다.

그보다는

자신은 좀 없어 보이지만,

나름 열심히 노력하는 이미지.

성인이 되어서도

스스로 혀 짧은 소리로 대화하는

사람들의 이미지는 그렇다.

이들은 실제로

용기와 의욕이 있는 이미지의 사람들을

다소 불편해하는 경우가 많다.

그리고 그런 사람들은 인간적이지 않고

사람들에게 호감을 사기 힘들다고 생각한다.

스스로 그렇게 생각하니,

굳이 혀 짧은 소리를 고칠 마음도 없다.

3.

약해 보이면 착해 보일 것이고

겸손해 보일 것이라

그렇게 믿는다.

사람들이 가장 많이 하는 착각이 있는데

바로

약해 보이면 착해 보인다는 생각이다.

이건 약한 사람에게 사람들이 베푸는 호의.

그 호의를 착하고 겸손한 사람에게 베푸는 호의라고

그렇게 착각하기 때문이다.

성인이 되어서도

일부러 혀 짧은 소리를 내는 사람들은

착해 보이고 겸손해 보이고 싶은 사람들이다.

그래서

'약해 보이는' 혀 짧은 소리를 선택한 것이다.

사회생활을 위해서는 그리 좋은 선택이 아닌 것 같은데

그래도 사람들이 실제로 혀 짧은 소리 내는 사람을

착하고 겸손한 사람이라고 착각하는 경우도 많으니

그렇게 틀린 선택도 아니다.

하지만 정말 착하지 않은 사람이 약한 척을 한다면

사람들이 그 사람의 실체를 알게 되는 순간

원래 안 착한 이미지였던 사람보다

더 나쁜 사람으로 취급되는 경우도 있다.

4.

자신은 도움을 받아야 할 사람이라는

그런 인상을 주고 싶어 한다.

혀 짧은 소리가

지금은 점점 정상적인 소리로 취급 받는 분위기지만,

불과 몇 년 전만 해도

그런 혀 짧은 소리를 하는 사람들은

교정이 필요한 대상이었다.

신체적인 문제 때문에 혀 짧은 소리를 내는 것이 아니고

일부러 혀 짧은 소리를 내는 아이가 있다면,

부모들은 이를 교정해 주려 노력했다.

왠지 덜 자란 성인 같아 보였기 때문이다.

하지만

지금은 오히려 '혀 짧은 소리'가

유행처럼 번지면서

하나의 매력요소로 자리 잡고 있다.

성인이지만 어린아이 같은 그런 말투를 쓰는 사람에게는

도움을 주어야 할 것만 같다.

외모까지 동안이라면 혀 짧은 소리의 말투를 쓰는 사람은

더욱 도움을 주어야 하는 대상으로 느껴진다.

그래서 성인이 되었는데도

일부러 혀 짧은 소리를 내는 사람은

도움을 꺼리지 않고 도움에 익숙한 사람이 많다.

이처럼,

성인이 되었는데도

혀 짧은 소리를 내는 사람들이 점점 많아지고 있다.

혀가 실제로 짧은 것도 아닌데

일부러 그런 말투를 쓰거나, 고치려 하지 않는 것은

나쁜 것이 아니다. 트렌드다.

성인이 되어서도

일부러 혀 짧은 소리를 내는 사람들은

귀여움, 호감, 착함, 겸손함, 도움 등에

관심이 많은 사람이다.

기본적으로 아이와 같은

'약하고 여린' 이미지를 지향한다.

오늘날은

이런 이미지가 나쁜 것도 아니고

오히려 지향하는 사회이다 보니

실제로 약하고 여려지는 사람들이

더 많아진다.

강하고 담대한 사람들에게는

별로 위로가 안 될 말들에

많은 사람들이 위안을 얻는 현상은

바로 이런 이유 때문이다.

이는,

위로 비즈니스가

장사가 되는 이유이기도 하다.

p.s.

#주기자신드롬

전화통화나 만남이 두려운 사람들,
그들이 더 위로를 원하는 이유

[대면]

서로 얼굴을 마주 보고 대함.

요즘
누군가와 전화통화를 하거나
누군가와 직접 대면하여 만나는걸
힘들어하는 사람이 많아졌다.

사람은 사람과 서로 만나지 않으면 외롭다고도 하지만,
요즘은 전화통화나 만남 같은 행위를
힘들어하는 사람이 점점 많아지는 것이다.

오늘날 이 세상은

문자 메시지나 카카오톡 문자로

하고 싶은 말을 충분히 전달할 수 있고,

말 한마디 하지 않고 맛있는 음식을 배달 받을 수 있으며,

심지어 어떤 상점에서는 물건을 가지고 나오면

계산이 자동으로 이뤄진다.

나와 관계없는 그 누군가와

마주칠 필요가 없는 세상이 되는 것이다.

누군가와 마주칠 필요 없이 사는 사람들이

'편리한 삶'을 사는 사람들이라고 치자.

이런 편리한 삶을 사는 사람들은

한편으로

누군가와 전화로 통화하고

만나서 대화하는 것을

참 불편해한다.

편리한 삶을 사는 사람들이 생각하기에

대화하기 위해 누군가와 전화통화를 하면,

상대에게 인사도 해야 하고

쓸데없는 대화를 해야 할 수도 있다.

음식 배달을 위해 음식점에 전화한다고 치면,

내가 사는 집 주소에서 메뉴까지

하나하나 설명해야 할 수도 있다.

상점에서 물건을 하나 살 때도,

괜히 점원과 대화나 말을 하고

표정도 만들어야 하는 수고를 해야 할 수도 있다.

그래서 기계를 통한 편리한 삶에 익숙해지면 익숙해질수록

사람을 대면하여 만나는 것을 꺼리고

소통을 어려워하게 된다.

사람을 전혀 대면하지 않고도 충분히 살아갈 수 있는

그런 편리한 삶을 사는 사람들에게

상대에 대한 감정, 감정에 의한 반응,

또 그에 대한 대응 같은 것들은

모두 낭비이며 쓸모없는 것들이기에.

그들은 굳이 사람을 대면하여 소통하는 방법을

애써 배우려 하지 않기 때문이다.

이렇게 편리한 삶을 사는 사람들은

누군가에 대한

해묵은 감정을 쌓는 속도가 빠르고

이를 해소할 방법도 모른다.

사람은 누구나

사람과 직접 만나서 눈으로, 목소리로, 몸짓으로, 표정으로

그렇게 소통하지 않으면

감정을 표출하는 것에 한계가 있다.

그래서 비대면과 비접촉의 상황에서는

누군가에 대한 오해, 불신, 증오 같은 감정도 쌓이기 쉬운데

편리한 삶을 사는 사람들은 이런 감정을 해소하기 어렵다.

가끔 우리는

누군가에게 오해, 불신, 증오 같은 감정을 품기도 하지만

진솔한 대화를 통해 그러한 감정을 해소하며 살아간다.

그런데 비대면과 비접촉이라는 편리한 삶을 사는 사람은

확실히 그 누군가에게 품은 감정들을

온전히 배출하기 어려워한다.

사람과 사람은

언제든 유치할 수 있는 존재들이므로

다투기도 하고, 화해하면서, 그러다가 껴안고 울기도 하며

서로를 깊이 이해하는데

편리한 삶을 살고자 하는 사람들은

이런 불편을 감수할 마음이 없다.

그래서 그들은 사람을 단편적으로 바라볼 수밖에 없고

오해, 불신, 증오 같은 감정을 품기도 쉽다.

자,

오늘을 사는 우리 중

상대를 직접 만나 상대의 눈을 쳐다보고 감정을 살피며

소통하는 사람과

비대면과 비접촉을 고수하며 편리하게 살고 있다고

자부하는 사람.

누가 더 위로를 갈구할까? 후자다.

감정을 온전히 배출하지 못한 사람에게

더 많은 위로가 필요하다.

그들에게 위로는

해묵은 감정을 쏟아 내는 변비약 같은 것이다.

오늘날 이 세상에서

위로가

하나의 비싼 상품이 되는 이유는

바로 이 때문이다.

진단

위로만 원하는 그들을 만나며

위로,
절망에서 탈출하는 치트키일까?

[치트키(cheat key)]

원래 게임 테스트를 위해 개발자들만 알고 있는

비밀키나 속임수를 의미함.

게임에서 치트키를 사용하면

갑자기 무적의 캐릭터가 되거나,

아이템을 획득하거나 단계를 클리어할 수 있게 됨.

자, 여기 한 사람이 있다.

"애인이 나를 떠나 버렸어.

내가 그 사람에게 여태껏 한 걸 생각하면

너무 화가 나."

이 친구는 애인을 잃었다.

이제, 이 친구는

애인을 기억 속에서 잊어버려야만

절망으로부터 탈출할 수 있다.

이 친구가 절망으로부터 탈출할 수 있는

그 방법을 꼽아 보자.

1.

새로운 일을 시작한다.

정말 직업적으로 새로운 일을 시작할 수도 있고

수영이나 피트니스 같은 운동에

몰두할 수도 있을 것이다.

아니면,

손글씨나 식물 재배 같은

취미를 하나 배울 수도 있다.

2.

애인이 생각날 것 같은 물건들을

모두 버린다.

서로 주고받은 선물은

상대에게 보내 주거나 버린다.

그 사람과 관련된 카톡 메시지와 메일을

지운다.

함께 가려고 모아 두었던 카페나 식당의 쿠폰도

다 버린다.

3.

새 애인을 만든다.

새 애인을 만들기 위해 사람을 소개 받고

애인이 될 만한 사람이라면 사귄다.

예전 애인에 비해 새로운 애인의 장점이 명확하면

더 만족하고 만남을 이어 간다.

대체로 애인을 만나다 이별을 경험한 사람들은
기존에 사귀었던 사람에 대한 기억을 지우는 것으로
절망으로부터의 탈출을 시도한다.

이별한 사람이 생각나면
그리움이 남고 원망이 쌓이며,

'내가 그때 그러지 않았다면
혹은 내가 그때 그랬었다면…
이별하지 않을 수 있었을까.'
라며 후회를 한다.

후회는 절망을 낳아
인생을 앞으로 나아가게 하는 걸 막는다.
그래서 인생이 절망적인 사람은
미래를 설계할 수 없다.
성장이 정체되고 자신의 삶이
소모되는 경험을 한다.

많은 사람이

절망이라는 나락에 빠졌을 때,

위로를 받고 싶어 한다.

위로는

사람을 절망으로부터 구원할 수 있다고 믿으니까.

그러나 위로에는

절망이라는 나락에서 한 번에 훌쩍 점프하여

뛰쳐나올 수 있도록 하는

그런 치트키의 기능이 없다.

기본적으로 절망에 빠진 사람은

생각과 행동의 '전환'이라는 과정을 통해

과거의 기억이나 감정들과

이별해야 하는데.

그 과거와 이별하지 못하는 한

절망이라는 감정에서

헤어나기 힘들다.

스스로 과거와 단절되지 못하는데

그 누군가의 위로가

나의 기억을 삭제하고

과거를 단절하여 미래로 나아가게 하는

그런 치트키 기능을 할 수 있다고?

애인과 이별한 사람을 위로해 주는 말은

"이제 잊어버리고, 너의 삶을 찾아."라든가,

"너처럼 멋진 사람과 이별하다니, 그 사람 후회할 거야."

"너무 슬퍼하지 마."

같은 종류가 대부분이다.

과거를 잊어라.

너는 멋진 사람이니

이 상황에 절망감을 느끼지 마라.

이와 같은 말들뿐이다.

하지만, 절망에 빠진 사람에게

정말 필요한 것은

위로가 아니라,

스스로 과거의 어려운 상황을 잊은 채로

현재를 가다듬으며

미래로 나아갈 수 있는 용기다.

그래서 이들에게 필요한 위로의 말은

하나로 충분하다.

"넌 잘 이겨 낼 수 있을 거야. 이제 앞으로 나아가야지."

어찌 보면 같은 위로라도

과거를 극복하고 미래로 나아갈 수 있다고 하는

희망과 용기.

그것이 위로계의 치트키가 될 수 있을지 모른다.

이처럼,

절망에 빠진 사람에게

모든 종류의 위로가

치트키가 되는 것은 아니다.

대부분의 위로는 본질적으로

절망이라는 늪을 뛰쳐나올 수 있도록 하는

그런 기능이 없다.

절망에서 벗어나려는

그런 의지가 있는 사람,

그 사람을 아주 조금이나마

도울 수 있을 뿐이다.

"오늘은 위로받고 싶어요."
="오늘은 내 편이 필요해요."

"밥 한번 같이 먹어요."

사람들이 평소에 타인과 밥을 먹는 이유에 대해서
깊게 생각해 본 적이 있는가?

이에 대해 깊게 생각했던 적이 있다.
왜, 우리는 어정쩡하게 친한 사람들과도
밥을 먹으며 친교 같은 걸 만들까에 대해서 말이다.
나는

많은 사람이 친해지고 싶은 사람들과

친교를 맺는 일에

최선을 다하고 있다는 사실이 놀라웠다.

누군가와 친교를 맺는 일에 적극적인 것은

외향적인 사람과 내향적인 사람이 구별되지 않는다.

내가 내린 결론은

외향적이건 내향적이건 상관없이

서로가 사회적으로 보증할 수 있는 관계라면,

누구나 모두 친교 맺기에

큰 거부감이 없다는 것이다.

심지어 조금이라도 자신이 상대에게 호감을 느끼면

친교 맺기에 적극적이다.

나이를 어느 정도 먹었거나,

세상을 적극적으로 살고 있거나,

사회적으로 지위가 있거나 하는 사람들은

서로의 삶이나 스펙을 확인하여

그 내용에 문제가 없다는 전제하에

친교를 맺으려 한다.

그래서

친교는 보증을 기반으로 한다.

아무리 상대가 좋아 보여도

함부로 친교를 맺을 수 없는 이유는

친교는 서로가 서로를 보증할 수 있어야

가능한 것이기 때문이다.

그럼,

친교를 맺으면 좋은 게 무엇일까?

친하게 지낸다는 것은 무엇을 의미할까?

친교를 맺으면,

서로 '같은 편'으로 인정하는 관계가 된다.

같은 편은 다른 편보다 편하고 안정적이다.

같은 편은

내가 다른 편과 싸우면

내 편을 들어준다.

같은 편은

조건 없는 위로의 찬스를 쓸 수 있어서 좋다.

같은 편은

서로 비슷한 신념을 가지고

세상을 산다.

서로 동일한 시각으로

세상 만물을 바라본다.

따라서,

같은 편이 궁지에 몰리면

같은 편은

서로를 위로할 수 있게 된다.

세상 만물을 바라보는 시각적 위치가 동일하므로

그들은 서로 위로해 주기 쉽다.

아니, 서로를 위로해야만

자신의 시각이 정당화될 수 있으므로

오히려 적극적인 위로를 하기도 한다.

그래서 위로를 받고, 위로를 주는 행위는

기본적으로 같은 시각의 같은 편 안에서만

가능한 행위이기도 하다.

세상을 바라보는 시각이 다르고,

같은 편이 아닌 사람들은

서로 위로해 주기 어렵다.

건성으로 위하는 척은 해 줄 수 있지만,

서로 다른 편인데

위로를 통한 연대감을 공유하기란
무척 힘들다.

평소 나는, 나의 편이라고 생각했던
바로 그들에게서 위로받고 싶었다.
언제나 나의 편이라고 생각했기에
위로도 그들에게 먼저 받고 싶었던 것 같다.

그들이 나의 편이었으므로
나는 나의 허물을 기꺼이 드러냈으며,
그러면서 나의 편에게서 듣는
뻔히 보이는 위안 섞인 말을 듣는 것이
좋았던 것으로 기억한다.

결국, 위로라는 것이 한쪽 편의 시각을 담은
위안 섞인 말들의 조합이었을 텐데.

나는 그러한 위로들을 통해
'세상은 아직 모두 나의 편'이라는
착각에 빠졌던 것 같다.

그래서 위로는
내 편을 찾고자 하는 행위가 맞다.

그리고
오늘 내가 위로받고 싶다는 감정은
결국, 오늘 내가 나의 편이 누구인지를
확인하고 싶다는 말과도 같다.

역시,
위로라는 것은
'한 편(한 무리)'의 편먹기에서 시작한다.

상담해 달라며
위로를 갈구하는 사람들

[상담]

문제를 해결하거나

궁금증을 풀기 위하여

서로 의논함.

밥만 한번 먹어 본 적 있는 선배가

상담을 신청했다.

처음에는 단순한 인생 상담 같았다.

그런데

지금 생각해 보면 상담이 아니라

자신의 푸념을 들어주길 바랐던 것 같기도 하다.

그 선배는 이렇게 시작했다.

"내가 너에게 상담을 신청한 것은 다름이 아니고,

어떻게 하면 회사 일도 하면서

새로운 꿈에 도전할 수 있을까. 하는 것 때문이야.

넌 회사 일도 잘하고 새벽에 글도 쓰잖아…"

한참을 나에 대해 부러워하는 말들을 쏟더니

주제를 돌렸다.

"그런데 말이야.

나는 솔직히 새벽에 일어날 수 있는 체질은 아니야.

너처럼 글을 좋아하는 것도 아니고…

글쎄 나는 별다른 꿈이 없어서 그런지

회사 일이 더 좋은 것 같아.

꿈이 없다는 게 나쁜 건 아니지 뭐.

사람들 다 그렇게 사니까…"

이 선배가 술을 많이 마셔서

횡설수설 하나보다 생각하고 있는데

마침 그때, 선배가 소리를 질렀다.

"나는 내가 좋다. 나 자신이 좋아!

다 필요 없어. 내가 최고야. 그럼 그럼!"

사실 그 선배와 같은 사람을

우리는 주변에서 많이 접한다.

상담을 가장해 위로받고 싶은 마음.

그러나 위로가 받아들여지지 않으면

스스로 자기 위안을 토해 내고 상담을 끝마치는.

차라리 상담해 달라고 하지 말고,

자기 말을 좀 들어 달라고 하든지 하면 되는데

많은 사람이 상담 좀 해 달라며 위로를 갈구한다.

상담을 요청한 당사자의 대화 내용을 자세히 들어보면,

'자신의 힘든 얘기

+ 자신에 대한 위안

+ 자신에 대한 칭찬'

이 3종 세트로 끝이 난다.

사실 이런 사람이
비관적인 삶을 살며 스스로 비하를 일삼는 사람보다
훨씬 건강하다고 생각한다.

그런데 그렇다고 이런 유형의 사람이
스스로 문제를 해결하는 사람이라고
생각하지 않는다.

이들은 결국,
타인의 입을 통해 위안을 받아야
비로소 마음이 편한 사람들이다.

심지어
자신이 괜찮은 사람임을 입증하려
타인을 이용하는 사람이다.

타인의 장점을 치켜세워주는 척하지만,

자신의 장점이 더 낫다고 선언하고

마지막에는 귀를 닫는다.

이런 사람은

겉으로 자신의 자아를

대단히 존중하고 있는 것처럼 굴지만

사실 내면적으로

자기애에 대한 확신이 별로 없어 보인다.

이런 유형의 사람이

타인에게 상담을 신청하는 이유는,

자신의 가치가 대단한 사람임을

입증하고 싶은 이유가 크다.

그래서 상담이라는 명목으로

상대에게 위로를 갈구하여

결국에는

상대방으로부터 위로를 얻어내거나,

아니면

스스로 위로하고 끝낸다.

결국, 이러나저러나 위로받고 싶었던 것이다.

우리는 이런 사람에게 인생 상담을 해 주고도

뒤가 개운치 않은 경험을 자주 한다.

그러고 보니 이런 사람들과

상담을 상담처럼 했던 적이 없었던 것 같다.

결국, 위로를 갈구하는 상대의 눈을 바라보고

위로의 말을 건네준 기억밖에 없다.

상담이라는 이름의 술자리로 시작했는데도 말이다.

'좋아요'로 안심하고,
'위로톡'에 행복해하는
'위로팔로워'

카카오톡 프로필을

수시로 바꾸는 사람이 있다.

그 사람은 인스타그램에도

분위기 잡는 이미지를 많이 올린다.

페이스북에서

그 사람은

항상 일상을 곱씹고

스스로의 존재를 묻기도 한다.

내가 그에게 붙인 별명은
<'오늘은 왠지'맨>이다.

물론 그는
그의 주위 사람 중에
자신을 그렇게 생각하는 사람이 있는지
잘 모른다.

스스로의 분위기에 취해 있는 사람은
그 분위기를 조금이라도 가볍게 여기는 사람을
싫어한다.
자신을 무시한다고 생각하기 때문이다.

그래서 그의 주위에 있는 선량한 사람들은
그를 존중해 주려 노력한다.

주위 사람들도 한때는
그의 카카오톡 프로필이 바뀌는 시점이나,

인스타그램의 이미지 분위기가 어두워지거나,

페이스북 글들이 심란해 보일 때,

그를 위로하려 했다.

그에게 사람들이 위로를 차츰 멈추게 된

시점이 있는데,

그가 사람들이 건네는 위로들을

자신에 대한 큰 관심과 인기로 착각하기

시작한 시점이다.

그가

인스타그램과 페이스북에서 얻는 '좋아요'와

카카오톡 메시지로 받는 '위로톡'은

어느새 그에게

위로받기 위한 수단이 아닌,

삶 그 자체가 되어 버렸다.

그의

카카오톡 프로필은

손이 오그라들 정도로

경건하고 준엄해졌다.

인스타그램 이미지는

사진 에세이에나 나올 법한

이미지 형상과 구도로 채워졌다.

페이스북의 글에서

그는 항상 어려움을 겪고 있으며,

많은 어려움을 극복한 인물로 묘사되고 있었다.

그는 스스로 유명인이 되었다.

한때 우울했지만

그 역경을 딛고 우뚝 선

입지전적인 인물!

이제 그에게 소셜미디어란?

힘들고 괴로운 감정을 배설하기 위한

그런 공간이 아니다.

그를 위로해 줄 사람들을 찾는

공간이다.

그와 친한 주변 사람들은

이미 그가 힘들고 괴롭지 않다는 것을 안다.

그래서 그는

소셜미디어에서 자신을 위로해 줄

'새로운' 사람들을 쫓는다.

그리고 미래에 자신을 위로해 줄 사람들이

소셜미디어에서 자신을 발견할 수 있도록

많은 노력을 한다.

최대한 분위기 있고 다소 우울하며,

무슨 일이 있는지 알고 싶도록 만드는

그런 이미지와 글들을 업로드하며

사람들의 위로를 구하는 노력을

그렇게 이어 가는 것이다.

오늘은 왠지.

그의 가상한 노력이

나의 심금을 울린다.

'좋아요' 눌러 주고,

'위로톡' 하나 보내 줘야겠다.

물론, 그는 아직 모른다.

그가 더 이상 위로받을 필요가 없는 사람이라는 것,

그는 사람들의 위로를 스스로 즐기고 있다는 것,

사람들도 그런 그를 이미 알고 있다는 것,

그는

이런 사실들을 아직 모른다.

멋진 척, 강한 척하며
위로받고자 하는 자

강아지가 거실에 똥을 쌌다.

그렇게 교육을 했는데,

거실에 똥이라니.

타이르고 혼내고 엉덩이도 때찌한다.

그러고 조금 지나자,

이 강아지는 나에게 와서 애교를 부린다.

아까 자기를 혼낸 것에 마음이 상했다며

위로를 구한다.

진정 위로를 받고자 하는 사람은
적어도 위로받는 그 순간만큼은
자신이 멋진 사람이자 강한 사람이라는
의식에서 벗어나야 한다.

위로를 해 주는 사람의 입장에서 보면,
위로란 자신보다 불쌍해 보이는 사람에게
해 주는 것이기 때문이다.

자신보다 멋지고 강해 보이는 사람이
아무리 힘든 일을 겪어도
대개 사람들은
그를 위로해 주고 싶지 않다.
그것이 사람의 심리다.

절대로 사람들은
자신보다 처지가 좋아 보이는 사람에게
위로라는 것을 하지 않는다.
위로 섞인 말은 해 줄 수 있어도

그것은 마음에서 우러나오는

진정한 위로가 아니다.

즉, 위로란

상대적으로 '자신의 처지가 좋다고 느끼는' 사람이

'안 좋아 보이는 처지에 놓인' 사람에게

해 주는 것이 맞다.

물론,

상대적으로

안 좋은 처지에 놓인 사람이

그보다 좋은 처지에 놓인 사람에게

위로를 해 주는 경우도 있겠지만

그 순간 둘의 머릿속을 채우는 말은

'누가 누굴 위로해.'일 것이다.

솔직히 처지가 좋은 사람이

정신까지 건강하면,

자신보다 처지가 안 좋아 보이는 사람에게

위로받는 것을 좋아하지 않는다.

힘든 일이 있어서

자기 푸념을 할 수도 있지만,

그 사람이 바라는 것은 위로가 아닐 수 있다.

그래서

누군가에게 진심으로 위로받고 싶다면,

멋진 척, 강한 척도 하지 말아야 한다.

아니,

차라리 멋지고 강한 사람이 되어

위로받을 일을 만들지 않는 편이 나을 수 있겠다.

다시 강아지를 교육해야겠다.

넓은 마음으로. 멋지고 강한 마음으로.

위로를 해 줬는데,
사과도 해 달라네

여기,

슬픔에 잠겨 있는 사람을

지나치지 못하는 사람이 있다.

남의 슬픔을 함께 나누고

자신의 기쁨을 전달하여

힘든 사람을 구원하고자 하는 자.

우리는 이런 사람을

'선한 사람'이라고 한다.

하지만
선한 사람이라는 기준이
항상 고정되어 있는 것은 아니다.

누군가에게 '선한 행동'을 행할 때,
그 행동을 받아들이는 자의 마음이
그것을 선한 행동으로 느낄 수 있어야
선한 행동을 한 사람이 진짜 선한 사람이 될 수 있다.

그래서
슬픔에 잠겨 있는 사람을 구원하고자 한다면,
슬픔에 잠겨 있는 사람을 면밀히 분석해야 한다.
그 사람이 과연
나의 선함을 알아챌 수 있을지를 말이다.

슬픔에 잠겨 정신적인 어려움에 처한 사람이

누군가의 위로를, 위로 그 자체로 받아들이는 것은
참 어려운 일이다.

슬프고 정신적으로 괴로운 사람들은
누군가의 위로로 구원받았다 할지라도
시간이 좀 지나고
마음의 평정을 찾은 후에나 비로소
자신이 받았던 위로가
값진 것이었음을 깨닫게 된다.

대개
슬프고 정신적으로 괴로운
그 상황에서는
위로마저 필요치 않은 사람이 많다.

오히려 위로를 받으면 무시하지 말라며
밀어내는 사람도 있다.
위로도 위로받을 수준의 경황이어야

그 위로가 조금이라도 효과를 낸다.

누군가 '피해 의식'에 휩싸인 상황에서의 위로는
선한 행위로 받아들여지지 않을
가능성도 크다.

그렇다고
슬픔에 잠기고 괴로운 사람에게
위로하지 않을 수 없는 노릇이다.
우리는 누구나 선한 사람이
되고 싶으니까.

만일,
나의 위로를 받은 누군가가
무시하지 말라며 화내거나
신경질적인 반응을 보인다면,
쿨하게 사과하자.
"나의 위로가 너에게 상처가 되었다면 미안해."
라고.

덧붙여,

"네가 너무너무 불쌍해 보여서 그랬어."라고.

아직도 많은 사람이

위로받을 경황도 없으면서

위로해 주고 싶을 정도로

불쌍한 사람 코스프레를 한다.

누군가 슬프고 괴로운 사람을 지나치지 못하고

위로해 주고 싶다면

그를 위해 위로도 준비하고

또한

사과도 함께 준비하면 된다.

단지,

그가 다시는 구원받지 못할지라도.

'울증 마케터'가
위로를 거래하는 법

[울증]

기분이 언짢아 명랑하지 아니한 심리 상태.

고민, 무능, 비관, 염세, 허무 관념 따위에 사로잡힘.

여기 자신의 '울증'을 위로와 맞바꾸어

거래하는 사람이 있다.

그는

평소 기분이 유쾌해 보이지 않는다.

타인 때문에 고민하고 자신의 무능을 탓하며

삶에 있어 비관적이다.

한 번은 그와 함께 술을 마시며

울음이 터진 그를 위로해 주다가

놀라운 사실을 발견했다.

그는

스스로 생각하기에

자신은 상당히 겸손한 사람이고

다른 사람들은 자기만큼 겸손하지 않다고

확신하고 있었다.

그리고

스스로 착한 게 죄라며

푸념하고 있었다.

아울러,

자신처럼 겸손하고 착한 사람을

세상은 왜 몰라주는 거라며

울기 시작했다.

사실, 누군가를 위로해 주면

위로를 받는 사람보다 위로해 주는 사람이

스스로 좀 더 심적으로 우월하다는

그런 생각을 하게 된다.

대개 위로가 필요한 사람은

울증을 동반하기 때문에,

위로해 주는 사람은

위로가 필요한 사람이 지닌 울증의 원인을 들어주고

용기를 주고 솔루션을 제시하는 것만으로

뿌듯한 마음을 가지기 일쑤다.

하지만

울증을 가지고 있는 사람 중에

자신을 너무 겸손하고, 매우 착하며, 올바른 사람으로

생각하는 사람이 있다.

이런 부류의 사람은

자신이 겪은 삶의 상처가,

다른 모든 사람은 상상도 못 하는 것으로 생각한다.

그래서, 울증을 극복하고 있는 자신이

세상에 둘도 없는 대단한 사람이라고 느낀다.

또한,

자신을 위로해 주는 사람이

울증을 극복해 가고 있는 자신보다

심적으로 우월한 사람이라는 생각조차 안 한다.

자,

울증이 있는 사람과

그를 위로해 주는 사람 사이에서

거래는 끝났다.

울증을 지닌 사람은,

따뜻한 위로의 말들 덕분에

자신이 지닌 울증을 극복하기는커녕

다시 한번 울증을 극복하고 있는 자신이

대단하다고만 여긴다.

자신의 울증을 야기한 상황은 바꿀 수 없는 것이며,

그 울증의 크기는 거대하다고 믿는다.

자신이 처한 현실,

그 불지옥을 잘 견디고 있는 자신을

대견해한다.

반면

울증을 지닌 사람을 위로해 준 사람은,

자신이 위로해 준 그 사람을 자신보다

심적으로 열등한 사람으로 여기며

오늘도 위로를 해 주었으니

덕을 쌓은 하루였다고 생각한다.

울증을 지닌 사람에게,

"이 상황을 극복할 수 있는 사람은 너 자신뿐이야."

같은 직언을 하지 않고

잘 경청해 주고 조그마한 용기까지 주었으니,

자신을 참 세련된 상담가라고 생각하는 것이다.

오늘도 울증 마케터들은

자신의 울증을 위로해 줄 사람을

찾아 나선다.

그리고

울증 마케터들을 위로해 주는 사람들은

오늘도

"이 상황을 극복할 수 있는 사람은 너 자신뿐이야."

라는 직언을 삼간다.

양쪽 모두 우월감을 느끼며 거래에 만족한다.

나의 마음? 너의 마음.

그러니 위로해 줘

[워]

정지하라는 뜻으로

소, 말 등의 가축을 다룰 때 사용하는 말임.

위로받기를 원하는 사람은

그 말투가 차분하든 조용하든 간에

내적으로는 흥분 상태다.

위로받기를 원하는 사람이

상대가 자신을 위로해 줄 만한 사람인지 아닌지

이를 구별할 때 쓰는 말만 봐도 안다.

"이게 말이 돼?"

"내가 이상한 거야?"

"그 사람 정말 이상하지?"

이런 말들은 얼핏 보면,

상대의 의견을 묻는 것 같지만

대답이 이미 정해져 있는 말이다.

상대의 동조만을 원하는 말인 것이다.

누군가에게 위로받는 데 익숙한 사람은

매우 이성적인 사람처럼 보이고 싶어 하지만

실제로는 자신에게 동조하지 않는 사람을

가까이 두려고 하지 않는다.

그들은

이성적이라기보다는 감성적이며

객관적인 판단보다 주관적인 판단에 익숙하다.

위로의 메커니즘은

공감에서부터 시작하므로

위로해 주는 사람은 위로를 받는 사람을

마음으로 이해해'만' 한다.

위로한답시고 객관적인 정황을 분석하려고 들면,

위로할 일도 위로받을 일도

온데간데없이 사라지기 때문이다.

즉, 위로는

위로를 받는 사람 위주로 판단해야만

가능한 행위다.

사실

정말 운이 좋지 않은 상황이나

사악한 사람, 혹은 나쁜 사람에게 당한 경우를 제외하고는

세상 모든 일의 원인은

자기 자신으로부터 먼저 찾아봐야 한다.

하지만

위로받는 데 익숙한 많은 사람은

자신은 옳고, 착하며, 규칙적인 사람이라고 믿는다.

그리고 이를 기준으로 하여

자신에게 해를 가한 상황이나 사람에 대해

자신을 힘들게 하는 상황이거나 나쁜 사람이라고

싸잡아 비난한다.

오늘 만일,

내 앞에 위로받기를 원하는 사람이 있다면

그 사람의 마음이나 입장을

나의 입장이라고 착각해야 한다.

그래야 위로라는 것이 가능하기 때문이다.

위로받기만 원하는 그 사람은

이미 자기중심적으로 '만' 생각하기로

마음먹었다는 점을 잊지 말아야 한다.

어차피 위로받기만을 원하는 사람이

필요로 하는 것은 정해져 있다.

자신의 마음'만'을 알아주기.

자신이 이성적이고 객관적인 사람이라고

함께 동조해 주기.

만일

자기중심적인 사고에서 못 벗어나

위로받기만 원하는 사람을

위로해 주고 싶지 않거나,

그 사람이 이성적이고 객관적인 사람으로 바뀌는 데

도움을 주고 싶다면,

일단 현재 그 사람의 내적 흥분 상태를

잠재우는 것부터 도와주자.

"워. 워. 워."

만일 내 앞의 그 사람이

자신의 내적 흥분 상태마저 잠재울 수 없는

그런 사람이라면.

앞으로도 바뀔 수 없는 사람이니

아쉽지만 포기하는 것이 맞겠다.

그런 사람에게는 위로도 시간 낭비다.

까똑,
"위로만 해죵. 하지만 동정 따위는 필요 없엉."

[동정]

남의 어려운 처지를

자기 일처럼 딱하고 가엾게 여김.

까똑.까똑.까똑.까똑.까똑.
자신이 겪은 불합리한 일에 대해 건건이
카카오톡 메시지를 남기는 사람이 있다.

이 사람은 자신이 겪은 불합리함에
항상 기분이 무척 나쁘다.

자신이 겪은 일이 진짜 불합리한 일인지.
그 일의 원인이 자신의 탓인지.

아니면 그 일의 원인이 남의 탓인지.

이런 것들에 대해 사람들의 생각을 물으려(는 것처럼)

카카오톡 메시지를 남긴다.

이런 사람들이 단체 채팅방에 자주 남기는 메시지.

"아니 무슨 이런 경우가 있어? 내가 이상한 거야?"

이다.

하지만 이런 메시지를 읽은 사람 중에

"그래, 네가 이상한 거야."

라고 섣불리 답하는 사람은 없다.

"아니 무슨 이런 경우가 있어?

내가 이상한 거야?"

라는 메시지는

의문문 형태를 띠고 있지만,

"나는 이상하지 않은 사람이다."

라는 의미며,

더 구체적으로는

"나는 이상한 사람이 아니니

이 상황을 겪은 나를 위로해 줘."

라는 의미다.

그래서 이 메시지를 읽은 사람이

사회지능을 갖춘 사람이라면

"야, 너 그런 일도 참아 내고 대단하다."

라는 취지의 말을 해야 한다.

혹여

"그냥 참아. 별일 아니야."

라는 식의 말을 하거나

이에 덧붙여

"너 정말 오늘 재수 더럽게 안 좋네.

불쌍해서 어쩌냐."

라는 식의 말은 절대로 해서는 안 된다.

"그냥 참아. 별일 아니야."

라는 말은

위로를 구한 사람을 무안하게 만들고,

"너 정말 오늘 재수 더럽게 안 좋네. 불쌍해서 어쩌냐."

라는 말은

위로를 구한 사람을 비참하게 만들기 때문이다.

위로를 상습적으로 원하는 사람은

결코,

다른 사람들이 자신을

비정상적인 사람으로 취급하길

원치 않는다.

자신은 정상이지만

상황이나 타인이 비정상이라고

그리 생각해 주길 원한다.

따라서

"지극히 정상적인 너에게 그런 일이 생기다니!

그런 거지 같은 일은 부디 이겨 내라.

넌 대단한 사람이니까."

이런 부류의 위로가

그들이 진정으로 원하는 위로다.

절대 그들에게 무안을 주거나

비참한 사람처럼 취급해서는 안 된다.

까똑.까똑.까똑.까똑.까똑.

카카오톡 메시지 알람이 울리면,

위로를 원하는 그를 정상인으로 취급하라.

무안을 주지 말고 동정도 하지 마라.

하지만 반대로

만일 위로를 원하는 그에게

객관적인 진실을 알려 주고

그를 굳세고 강한 사람,

성숙한 사람으로 만들어

위로중독에서 벗어나도록 도와주려면

그를 '반복하여' 동정하고

또 동정하면 된다.

'반복된' 동정 어린 시선과 말투에
오히려 불편해하고 기분 나빠하는
그의 모습이 발견된다면,

그는 비로소 위로중독에서 벗어날 수 있는
그런 사람이 되고 있다는 의미다.

'징징이'를 위로하며
사랑에 빠지는 이유

[습관]

어떤 행위를 오랫동안 되풀이하는 과정에서

저절로 익혀진 행동 방식.

"아, 어떡하지?"

"힘들어 죽겠어."

"그거 정말 싫어하는데…"

"그게 잘 안될 거 같아."

"하아… 너무 피곤해."

이런 말을 입에 달고 사는 사람들이 있다.

자기에게 생긴 일에 대해

특히 자신 앞에 놓인, 처리해야 하는 일에 대해

미리부터

자신이 없고 힘들어하며, 괴로워하는 사람들.

그들은 습관성 '징징이'들이다.

자신에게 생긴 일이면

그 어떤 일이든 어렵게 생각하고

그 일을 처리하는 과정에서

"힘들다", "죽겠다", "싫다", "안 된다", "피곤하다"를 반복한다.

이런

습관성 징징이들은

누군가에게는

매우 피곤한 존재처럼 느껴지지만,

누군가를 도와야 보람을 느끼는 몇몇 사람에게는

삶의 이유가 된다.

그래서 많은 사람이 징징이와

사랑에 빠지기도 하고

친구가 되기도 하고

오랜 지인으로 남기도 한다.

어떻게 보면,

징징이의 삶이 참 효율적으로 보인다.

끊임없이 징징대면서

누군가에게 위로받고 도움 받으며

그렇게 사는 삶이기 때문이다.

세상 사람 중 누군가는

남을 돕는 것에 보람을 느낀다.

이런 사람들이 징징이를 좋아할 수도 있겠다.

하지만,

징징이의 삶은

불쌍한 삶이다.

누군가에게 위로나 도움을 받았다는 의미는,

그 누군가에게 불쌍해 보였다는 얘기고,

누군가가 불쌍하게 생각한다는 것의 의미는,

그 누군가가 위로해 주는 대상을

낮춰 본다는 말이기 때문이다.

징징이의 삶은 불쌍한 삶이고

징징댐을 무기로 꾸역꾸역 살아가는 삶이다.

징징이의 삶이 불쌍한 또 다른 이유는

평생

자신을 위로해 주는 사람을

만나지 못할 수도 있기 때문이다.

위로해 줄 사람을 만나지 못하는

그런 징징이의 삶은

그냥 나락에 떨어지는 삶이 된다.

누군가에게도 위로받지 못한 채,
매번 징징대면서
스스로를 갉아먹기 때문이다.

지금 이 순간,
스스로 징징대는 습관이 있는 사람이라면
그 습관을 부디 고치는 것이 좋다.

하지만 기필코!
만일 누군가에게 끊임없이 위로받는
그런 징징이의 삶을 살고 싶다면.

누구나 사랑에 빠질 만한
매력적이고도 특출난 외모를 갖춰야 할 것이다.

대개

평범한 사람이 '징징이'라면

사람들은 결국, 그를 피할 것이고

점차 외톨이가 될 확률이

훨씬 크기 때문이다.

치유

위로보다 더 필요한 것을 찾아 나서며

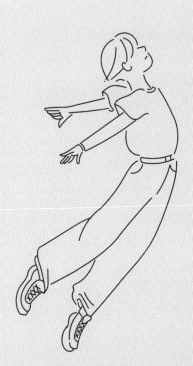

예민해서 위로를 원하는 사람에게
'어쩔'이라 답하며

|어쩔|

'어쩌라고'의 줄임말이자

주로 초등학생들이 자주 쓰는 유행어로

대화 상대가 물어보지 않은

쓸데없는 말을 할 때 주로 씀.

비슷한 말로는 '안물(안 물어봤다)'이 있음.

시도 때도 없이 위로를 원하는

그런 사람들의 특징이 있는데,

자신의 예민함 기준에 부합되지 않은

타인의 말이나 행위에 대해 자주 반응하며

너무 많은 감정을 쏟아 낸다는 것이다.

누구나 가지고 있는

예민함은 그렇다 치자.

그건 성정과 처한 상황에 따라

또한, 어떤 때는 장점이 될 수 있으니까.

하지만 자신이 지닌 예민함의 기준을

타인이 따라 주길 바라게 되면

그때는 많은 서운함을 낳는다.

"나는 이렇게 생각하는데,

쟤는 저래."

"나는 이렇게 느꼈는데,

쟤는 어떻게 그렇게 느낄 수가 있어."

"나는 이런 상황에서 그렇게 행동하는데,

쟤는 어떻게 그렇게 행동할 수 있어."

이처럼 자신이 지닌 예민함의 기준을

이 세상의 기준이라 믿으며

타인도 그 기준을 똑같이 따라 주길 바라는 사람들은

일상에서 타인에게 많은 서운함을 느낀다.

또한,

더욱 많은 위로를 원한다.

주위에 예민한 사람들을 보자.

그들은 자주 쏟아 낸다.

자신이 지닌 예민함의 기준,

그것이 세상의 절대적인 기준이라는 점을 주장하며

자신의 위대함을 몰라주는 타인에 대해

부정적인 표현을 자주 쏟아 낸다는 말이다.

자신이 지닌 예민함의 기준,

그에 의해 생산되는 서운함 감정들.

그리고 그 서운함을 위로받고자 하는 마음.

이들을 위로해 주는 사람은

이러한 서운함을 매번 받아 내는 게 고역이다.

그래서

예민해 보이는 사람이

자신이 지닌 예민함의 기준을 주욱 늘어놓을 때면,

습관적으로 속삭이는 말이 있다.

'어쩔'

여기에 덧붙여…

'안물'.

예민함의 기준은 다 다르다.

자신의 예민함,

그 예민함의 기준 때문에 생겨난

타인에 대한 서운한 감정은

타인도, 위로해 주는 사람도

무척이나 당황케 한다.

위로받고 싶을 때 체크해야 하는,
나의 '쓸쓸함 점수'

[무기력]
[무기력]

어떠한 일을 감당할 수 있는

기운과 힘이 없음.

위로를 받고자 하는 사람이 원하는 것은
자신에게 처한 일을 감당할 수 있는
기운과 힘이다.

이런 기운과 힘을 통해
궁극적으로는 어려움을 극복할
용기를 얻고자 한다.

정신적으로나 육체적으로

힘들고 어려운 일을 겪고 나면

기운과 힘이 다 빠진다.

이때,

기운과 힘을 스스로 충전하면 좋겠지만

많은 사람이 타인을 통해

기운과 힘을 채우고 싶어 한다.

다른 상황이나 사람을 통해 방전된 기운이나 힘을,

또 다른 누군가에 의해 충전 받고자 하는 마음.

이런 마음은 왜 생길까?

우리 스스로 방전된 기운과 힘을

'자가 충전' 하는 방법은 없을까?

결국, 자가 충전을 위해서는

'쓸쓸함'이라는 것을

스스로 제어할 수 있는 능력이 필요하다.

또한,

나는 스스로 일어설 수 있는 사람이라고

자신을 믿는 힘,

그 자신감을

소량이라도 몸에 지니고 있어야 한다.

쓸쓸함이 수시로 찾아오면

누군가의 위로를 통해서만

어려움을 극복할 수 있다.

마찬가지로

자신감이 소량이라도 남아있지 않으면

누군가의 위로를 통해서만

자신감이 확보된다.

즉,

쓸쓸함이 증가하고 자신감이 떨어지면

자가 충전용 건전지가 방전되고 있는 것이다.

그러니,

쓸쓸함은 수시로 버리고

자신감은 소량이라도 유지하기.

이 둘이 지켜져야

타인의 위로에 의지하는 삶에서

벗어날 수 있다.

그런데 아무리 자신감 넘치는 사람도

몰려오는 쓸쓸함을 막을 재간은 없어서

우리는 매일매일

'쓸쓸함 점수'를 체크해야 한다.

자신이 세상에 홀로 버려져 있다고 느끼는지,

나의 편이 되어줄 사람이 없다고 느끼는지,

세상은 나의 편이라는 생각이 안 드는지,

점점 누군가 나를 떠난다는 생각이 드는지,

지금 아무런 이유 없이 외롭다고 느끼는지.

이러한 감정들을 끊임없이 체크해야 할 것이다.

만일 우리의 '쓸쓸함 점수'가 높아지고 있다면,
연쇄적으로 우리의 자신감은 떨어지고 있을 테고
누군가에게 위로받아야 하는 시간에
점점 가까워지고 있다고 보면 된다.

쓸쓸함 점수를 낮추고
자신감을 소량이라도 유지하는 방법은
의외로 간단하다.

정신적으로나 육체적으로 어려움을 겪을 때
더 적극적으로
정신과 육체를 활발히 운동시키는 것이다.

긍정적인 생각을 하고
운동을 시작하는 것을 추천한다.

이처럼,

어려움을 스스로 극복한 경험을 조금씩 쌓아간다면

우리는 점차 타인의 위로에만 의지하지 않는

사람으로 성장한다.

정신과 육체에

끊임없는 활력을 불어넣자.

기운과 힘의 자가 충전을 위해서는

운동에너지가 필요하다.

집착하여 얻은 상처,
위로보다 후시딘이 낫다

[집착]

어떤 것에 늘 마음이 쏠려 잊지 못하고

매달림.

"나는 그 사람을 잊지 못하겠어."

"어떻게 내가 그 학교에 떨어질 수가 있지?"

"이 회사가 나에게 어떻게 이런 대접을 할 수 있어."

"왜 걔는 나에게 말을 그렇게 하냐."

우리는 한 번쯤

이런 말을 해 본 적이 있을 것이다.

진심이었든, 푸념이었든, 장난이었든 상관없이

한 번쯤은 해 봤을 그런 말들.

그런데 이 말을 자주 하면 마음에

미련이라는 것이 달라붙는다.

의미 있고 가치 있는 일에 매진해야 하는 타이밍에도

지나간 과거의 상황을 담아 둔 마음에

미련이라는 것이 '착(着)' 달라붙는 것이다.

그런데 또

나의 생각과 마음에 착 달라붙은

이 미련이란 것이 오래가면

미련을 만들어 낸 주체에 대한 원망이 생겨난다.

그리고 연이어 그 원망이라는 것은

결국, 마음에 상처를 낸다.

어떤 과거로부터

상처를 입은 사람은

이렇게 말을 한다.

"나는 나를 떠나간 그 사람 때문에 힘들어."

"나를 떨어뜨린 그 학교 때문에 지금 슬럼프야."

"나를 그렇게 대접한 그 회사만 생각하면 화가 나."

"걔가 말한 얘기가 머릿속에 맴돌아서 짜증이 많이 나."

자,

누군가 이런 말을 시작하면

이걸 듣는 사람은

위로할 준비를 하면 된다.

들어줄 수 있는 만큼 충분히 들어준 다음,

논리적인 정리나 해답을 주려 말고

위로를 해 줘야 할 거다.

하지만

상처의 원인이

집착으로부터 시작된 것이라면

위로가 약이 되지 않는다.

집착으로 인한 상처를 치유하려면,

마음에 붙은 미련이라는 것을 떼어 내야 한다.

그래야 원망도, 상처도 생기지 않기 때문이다.

미련이라는 것을 떼어 내고

그 상처를 치유하는 방법에는 여러 가지가 있는데,

미련으로 상처가 생긴 이상

흉터를 남기지 않고 상처를 없애는 방법은 없다.

그래서,

지나간 과거에 대해서는

처음부터 내 마음에 미련이라는 것을

달라붙게 하지 않는 것이 중요하다.

그래야 상처가 생기는 것을 막고,

흉터도 안 남길 수 있기 때문이다.

이처럼,

집착하여 얻은 상처에

위로라는 약이 듣지 않는다.

지나간 과거에 집착하지 않는 마음,

그 마음을 먼저 먹어야만 한다.

아,

상처를 흉터 없이 치유하는 약이 있긴 하다.

후시딘.

후시딘이 없다면, 마데카솔.

위로가 필요했던 사람,
다이어트에 성공하다?

아이들이 자신의 뜻을 관철시키기 위한

가장 강력한 저항 방식 중 하나가

바로 '단식'이다.

아이가 좀 커서

어느 정도 자아가 형성되면

아이는 독립적이 된다.

자신의 의견대로, 의지대로

자신 앞에 놓인 일을 처리하고 싶어 한다.

그렇게 부모 말을 잘 들었던 아이가

사춘기를 거치며 돌변하고

자신의 주장을 시작한다.

사사건건 반항하고 반대 의견을 낸다.

그러다가,

부모와 의견이 어긋나거나

부모에게 요구사항을 얘기했는데

부모가 그 요구를 들어주지 않으면

아이는 '단식'이라는 카드를 꺼내 든다.

부모에 대한 저항의 표시로써

단식의 힘은 강력하다.

아직은 어린아이들의

단식이라는 행동은

부모에게는 큰일이다.

아이가

밥을 안 먹을 정도로

부모 스스로 뭘 잘못했나를 생각하게 된다.

아이의 요구사항이

아이가

밥을 안 먹을 정도로

아이에게 소중한 것이었나에 대해서도

부모는 다시금 생각하게 된다.

이처럼 아이들의 단식이라는 행동은

그 행동을 통해 목표로 하는 것과

그 행동을 보여 주고자 하는 대상이

명확하다.

아이들은

단식을 통해

자신의 요구사항이 관철되기 바라며

단식이라는 행동을

부모에게 보여 줌으로써

자신의 의지를 알린다.

대개의 부모는

아이들이 단식을 시작하면

대화를 시도한다.

대화를 통해 아이가 요구하는 내용을 들어보고

합의점을 찾도록 노력한다.

하지만 어떤 부모들은

단식이라는 행동 자체를 문제 삼는다.

이런 부모들은 아이들에게

두 번 다시는 단식과 같은 행동으로

뭘 요구하지 못하게 하겠다고

으름장을 놓는다.

부모가 대화를 시도하는 경우는

단식이 자연스레 중단되고

부모와 아이가
다시 관계를 회복하기 쉽다.

하지만 부모가 아이에게
단식에 대해 문제 삼고
대화를 거부하는 경우,
단식은 이어지고
부모와 아이의 관계는
회복되기도 어렵다.

그런데,
여기서 희한한 일이 발생한다.
단식을 중단한 아이도
단식을 이어 가는 아이도
계속 건강하게 살아간다는
놀라운 사실이다.

어린 시절에
부모에게 저항하고자 실행했던 단식은

항상 끝이 흐지부지하다.

아이가 단식을 시작하긴 하였는데
어느새 아이는 또 밥을 먹고 있다.
그렇다고 부모가
"네 얘기 안 들어준다고 단식까지 했는데,
밥이 넘어가냐. 먹지 마라."
라며 평생 나무라지는 않는다.

어찌 됐건 단식이 끝나고
가정의 평화가 찾아오면
가족들은
또 옹기종기 앉아 밥을 먹는다.

언젠가,
위로가 필요한 것 같은 한 사람이
밥맛이 없을 정도로 자신의 처지가 힘들다며
사람들에게 알린 일이 있었다.

사람들은 그를 위로해 줬다.
아무리 힘들어도 밥은 잘 먹고 다니라며
그에게 격려와 응원의 메시지를 보냈다.

그 사람은
한동안 사람들을 만나지 않더니
어느새 살을 쫘악 빼고 날씬한 모습으로
사람들 앞에 나타났다.

자신의 슬픔은 이제 끝났다며,
예전보다 더 멋진 모습으로
사람들 앞에 나타난 것이다.

사람들은 초주검이 된 그를 상상했으나,
그가 멋진 모습으로 나타나자 당황해했다.

하지만 이내

그와 사람들은 맛있게 밥을 먹었고
또 즐거운 대화를 이어 갔다.

사람들은 생각했다.
'저 사람이 앞으로 힘들다고 해도,
내가 걱정할 필요는 없겠군.'

위로란
그것을 해 주는 사람들의 만족감 때문에 행해진다.

위로가 필요한 사람들 대부분이 들을 위로의 말은
"다 괜찮아질 거야."
정도로 충분하다.

많은 사람이
고난 속에서 고민하고 슬퍼하며
힘든 시간을 보내는 경우가 있지만,
결국, 스스로 이겨 내

예전보다 더 나은 모습으로

우리 앞에 나타나는 사람들도 많다.

그런 사람들은

고난의 시간을 이겨 내며

이미 한 단계 성장한 것이다.

그들은

고난의 시간 동안

'위로'란 것을 먹고 성장한 것이 아니다.

철저한 자기 성찰, 반성, 변화 의지를 통해

스스로 성장한 것이다.

그러니,

삶이 너무너무 힘들어

위로를 받고 싶다고 느낄 때면

잠시 곡기를 끊고

단식에 돌입해 보는 것도 괜찮다.

단식을 며칠만 해 보면,

너무너무 뭘 먹고 싶고

뭘 먹다 보면,

다시 뭘 해 보고 싶고

다시 뭘 하다 보면,

새로운 목표가 생길 수 있다.

그리고

그 목표는 멋진 꿈도 될 수 있다.

또한,

단식을 계속하게 되면

다이어트가

덤으로 걸리기도 한다.

그러니,

너무너무 힘들어서

타인에게 위로를 받고 싶은 날은

단식을 해 보자.

단식을 하며

나 자신에게 나의 요구사항을 말하자.

이 상황을 이겨 내고 싶다고

자신에게 말하자.

다음날 아무렇지도 않게 밥이 넘어가면,

더는 위로받을 필요가 없는 상태다.

그런데

다음 날도 그 다음 날도

밥이 잘 넘어가지 않으면,

자기 성찰의 시간이라 생각하고

그 시간을 담담히 받아들이자.

이런 시간이 쌓여

다이어트가 덤으로 걸릴 수 있다.

이제

너무너무 슬프고 힘들 때,

타인의 '위로'부터 받아먹겠다는

그 생각을 버리자.

너무너무 슬프고 힘든 상황이면,

아무것도 먹고 싶지 않은 것이 정상이다.

무진장 위로만 해 주는
'위로쟁이'들을 손절하다

[손절]

'손을 끊는다'라는 의미로

사람 간의 인연을 끊는다는 의미.

'절교'와 비슷함.

경제용어인 '손절매'에서 유래함.

9시.

장이 열렸다.

보유한 주식의 주가는 오늘도 곤두박질.

뉴스를 보니 악재에 악재가 겹쳐

더 이상 내가 가진 주식에 대한

희망이 없다고 한다.

아픈 가슴,

생각나는 얼굴들,

자아비판,

불안함,

절망감…

여러 가지 스치는 모습과 감정을 뒤로하고

나는 증권사 앱의 '매도' 탭을 누른다.

이처럼 '손절매'란

자신의 과거 선택이 잘못되었음을 인정하고

현재 주가가 하락하여

매수할 당시에 비해 손해임에도

주식을 파는 행위다.

'위로쟁이'라 여겨지는 사람은

어디에나 꼭 한 명쯤 있다.

직장이든, 학교든, 학원이든, 강연장이든, 유튜브든

어디에서나

발견되는 유형이다.

이 위로쟁이들의 화법에는

부정이 없다.

긍정적이고 희망적이며 미래지향적이다.

그래서 당장 힘겨운 사람들은

위로쟁이를 찾는다.

힘겨운 사람들에게

위로쟁이들은 말한다.

"당장은 힘들지만 괜찮아질 거야."

"노력하면 더 나아질 수 있어."

"앞으로 잘하면 되지."

위로쟁이에게 위로받는 사람들은

당장 큰 위안을 얻는다.

내일은 또 다른 삶이 펼쳐지고,

내 노력이 결실을 볼 날이 머지않았고,

앞으로만 잘하면 뭐든 할 수 있을 것 같다.

당장 큰 위안을 받은 사람들은

내일도 위로쟁이를 찾아간다.

아! 위로쟁이를 만나고 나면

너무너무 즐겁다.

당장 큰 위안을 또 얻었고,

내일은 정말이지

완전히 다른 삶을 살 것이라 생각이 든다.

내 노력은 이제 정말 결실을 볼 것이며

앞으로만 잘하면 된다. 암. 앞으로만!

그런 감정을 경험하고 선,

위로쟁이들을 찾아가고 또 찾아간다.

그런데 위로쟁이들을 만나는 횟수가 늘어날수록

이상하게 더 이상 위안이 되지 않는다.

내일의 삶이 달라질 것 같지도 않고

내가 현재 무슨 노력을 하고 있는가 싶고

앞으로도 뭐가 어떻게 잘 될지 그려지지 않는다.

위로쟁이에게 위로받은 사람이

내일의 삶을 다르게 만들려면,

당장 현재의 삶을 바꿔야 한다.

노력이라는 것을 하려면,

당장 시간을 할애해서 행동을 바꿔야 한다.

앞으로 잘 되려면,

오늘의 값진 시간을 하나하나 축적해 나가야 한다.

그런데 위로쟁이만 만나서는

이러한 것들을 해낼 수 없다.

위로쟁이만 만나려는 사람들은

오히려 위로에 만성화되고

삶의 갈피를 잡지 못한다.

당장은

긍정적이고 희망적이며 미래지향적인 말들에

위안을 얻을지 몰라도

그러한 말은 한두 번이면 충분하다.

위로쟁이들이

진정 나를 위해 주는 사람이라면,

그들이 원하는 것은…

위로받은 사람이 달라지는 모습이다.

위로를 받는 것에 그치지 않고

하루하루의 소중한 시간을 쪼개어

나아지려 노력하는 모습이다.

말보다 행동을 완전히 바꿔,

새로운 사람으로 거듭나는 모습이다.

그로써,

더 이상은 힘겨운 일을 겪지 않고

당당한 사람이 되는 모습이다.

어찌 보면,

위로쟁이는 우리 주위에 있는 것이 아니라

내 안에도 있다.

지금 힘겨운 상황에 대해

무엇이 잘못된 것인지 제대로 살피지도 않고

'괜찮아', '괜찮아'만 반복하는 내 안의 위로쟁이들.

우리는

이러한 위로쟁이들을 이제 '손절'해야 한다.

그래야 그 위로쟁이들도

나에 대해 어느 정도 마음을 놓을 것이며,

'이제, 저 사람은 위로가 아닌

변화된 삶을 원하는구나.'

라고 생각하며 흐뭇해할 것이다.

보유하고 있는 주식 중

투자액보다 손실을 보고 있는 주식이 또 있다.

하지만 뉴스들은 이 주식에 대해 평가하기를

긍정적이고 희망적이며 미래지향적이라고 한다.

갑자기,

긍정적이고 희망적이며 미래지향적이라

그렇게 떠드는 뉴스가

'투자자인 나를 위한 뉴스가 맞을까?'

라는 의심이 생긴다.

누구의 말에 의해서가 아니라,

오랜 시간 자기 생각을 중심으로

결단을 내릴 시간이다.

'매도' 탭에 다시 손을 댄다.

밥 안 사주는 사람의 위로보다는,
엄마의 잔소리가 아름답다

[밥]

끼니로 먹는 음식.

누군가와 밥을 함께 먹는 것은
인간관계의 적극성을 표현하는 수단이다.

사람들에게
밥 먹는 시간만큼은 자유로운 시간이기 때문에
그 시간을 기꺼이 누군가와 함께한다는 것은
여러모로 큰 의미가 있다.

누군가와 함께 밥을 먹으며
손수 밥값까지 내는 것은

더 큰 의미가 있다.

밥은 생명을 연장하는 수단이기 때문에
밥값을 내는 것은 생명을 나누는 행위이다.
타인의 생명 연장을 위해
자신의 노력으로 번 돈을 기꺼이 지불하는 것.

밥값을 낸다는 것은
이처럼 아름다운 행위다.

그래서
나와 밥을 자주 먹는 그 누군가는
나와 매우 가까운 사람이다.
나와 그가 서로 가까워지려 서로
노력하는 사이인 셈이다.

또한,
나의 밥값을 내주는 그 누군가는

나를 아끼는 사람이다.

나의 생명 연장을 위해

기꺼이 자신의 자산을 소비해 주었으니

그는 나를 아끼는 사람이 맞다.

자, 그럼.

여기서 누군가를 떠올려 보자.

내가 무언가로 힘들고 어려운 상황을 겪었을 때

위로를 해 주었던

바로 그 사람들.

나와 밥을 함께 먹었는지,

혹은 나의 밥값을 내주었는지로

그들을 구분해 보자.

1.

함께 밥까지는 안 먹고,

지나가는 말로 위로를 해 준 사람

일반적인 사람이다.

친하지도 멀지도 않은 사람들로

우리 주변에서 흔히 볼 수 있는 사람들이다.

그들은 우리가 힘들다고 하면,

힘든 사람을 지나칠 수 없다며 위로를 건네고

스스로 뿌듯해한다.

2.

함께 밥을 먹고 나를 위로해 준 사람

(단, 밥값은 내가 냈다.)

위로해 줄 마음은 있는데,

돈을 쓰기는 싫은 사람이다.

사실,

위로해 줄 마음이 있는 건지.

밥을 얻어먹고 싶은 건지.

별로 위로에서도

진정성이 느껴지지 않는 타입이다.

3.

함께 밥을 먹으며 나를 위로해 준 사람

(밥값도 그 사람이 냈다.)

이 사람은 나를 위로해 줄 마음도 있고,

나를 아끼는 마음도 표현해 주는 사람이다.

위로를 받는 사람이 고마워할 사람이다.

4.

함께 밥을 먹으며 나에게 잔소리만 한 사람

(단, 밥값도 내가 냈다.)

만나서는 안 될 사람이다.

만일 이런 사람이 주변에 서성인다면,

연을 끊는 게 낫겠다.

이처럼 많은 사람이

힘들고 괴로워하는 사람을 위로해 주고 싶어 한다.

하지만 나에게 위로의 말만 건넨다고

모두 나를 진정으로 위해 주는 사람이 아니다.

그리고 그 기준은

'함께 밥 먹기'나 '밥값'으로 판단할 수 있다.

만일 힘들고 괴로운 일이 있는데,

위로의 말을 건네고 함께 밥을 먹어 주며,

밥값까지 내주는

그런 사람이 주변에 없다면

그런 날은 엄마에게 전화하자.

엄마의 잔소리를 듣는 편이 낫다.

누군가를 위한 진심 어린 위로도,

누군가를 위하는 마음이라는 것도.

현실에서 경험하기 쉬운 일이 아니다.

함께 밥 먹는 것도 즐거워하며,

밥값까지 내주면서 기뻐하는 엄마.

그런 엄마가 잔소리 좀 하면 어떤가.

나에게 가장 진심 어린 위로를 해 줄 수 있는

몇 안 되는 사람인 것을…

별로 나를 위하지 않는 사람의

'따뜻해 보이는' 한마디 위로보다,

엄마의 거친 잔소리 한마디가

더 가치 있는 이유는

바로 이 때문이다.

'위로 삼진아웃',
아무리 위로받고 싶어도 두 번까지만

[의심]

확실히 알 수 없어서

믿지 못하는 마음.

누군가, 나를 잘 위로해 주는 사람이 있다면
한 번쯤은 의심해 봐야 한다.
그 사람이 왜 나를 위로해 주는지 말이다.

그 사람이 나를 위로해 주는 이유는
내가 좋아서일 수도 있고
나에게 원하는 것이 있을 수도 있고
원래 위로를 좋아하기 때문일 수도 있다.
그것도 아니면,

나를 '도와줘야 하는 사람'으로

그리 여겨서일 수도 있다.

나를 좋아해서 해 주는 위로,

나에게 원하는 것이 있어서 해 주는 위로,

원래 위로를 좋아하는 사람이 해 주는 위로,

나를 도와야 하는 대상으로 생각해서 해 주는 위로.

위로의 종류를 이렇게 나눈다고 생각할 때.

두 번 이상 받으면 좋을 위로가 있을까?

*

누군가 나를 좋아해서 위로해 준다면

그 위로는 유통기한이 정해져 있는 위로다.

나를 좋아하지 않는다면 위로해 주지 않았을 테고

앞으로 나를 좋아하지 않을 경우에는

위로해 주지 않을 것이다.

위로해 주다가 지쳐서,

나를 더 이상 좋아하지 않을 수도 있다.

**

나에게 원하는 것이 있어서 해 주는 위로는

진정한 위로가 아니다.

위로는 기본적으로

위로받는 사람을 공감해 주는 행위이므로

원하는 목적이 있는 위로는 위로가 될 수 없다.

***

원래 위로를 좋아하는 사람이 해 주는 위로.

그것은 효과적이지 않은 위로다.

위로를 받는 사람이 진정 마음의 평안을 얻으려면

'특별히 위로받는'

바로 그 느낌이 필요하기 때문이다.

누구나 위로해 주는 사람이 해 주는 위로는

그 특별함이 없다.

****

나를 도와야 하는 대상으로 생각해서 해 주는 위로는

기분 나쁜 위로다.

위로받길 원하는 사람이라도

스스로가 온전치 못하다는 생각은 하기 싫어한다.

사람들은 힘들고 괴로울 때

위로를 받고 싶어 하지만

그렇다고 스스로 못난 사람이라고

생각하고 싶지는 않기 때문이다.

그래서 나를 도와야 하는 대상으로 생각해서

그렇게 해 주는 위로도

그걸 모르고 받는 것이지,

그 실체를 알고 나면

기분 나빠서 받기 싫은 위로에 속한다.

이처럼

누군가 나를 위로하는 이유를 나열해 보면,

자연스레 한번 생각을 해 봐야 한다.

나를 좋아하는 사람이 나를 계속 좋아하도록 하려면,

그 사람의 위로를 받기만 하면 안 된다는 것을.

나에게 원하는 것이 있는 사람은

원하는 것을 얻었을 때

결국, 나를 떠나리라는 것을.

원래 위로를 좋아하는 사람은 내 곁에 두어 봤자,

내가 발전이 없다는 것을.

나를 도와야 하는 대상으로 생각하는 사람은,

결국, 나를 무시하기도 쉽다는 것을.

결국, 사람과 사람 사이에 위로라는 것이 자주 오고 가면

위로하는 사람이나 받는 사람이나

둘 중 하나는

문제가 있는 사람이라는 것이 밝혀진다.

그래서

위로란

자주 주고받을 수 있는 속성의 것이 아니다.

아무리 많아 봤자,
위로가 두 번 이상 오고 가는 것은 적절치 않다.

위로가 세 번쯤 오고 간다면
벌어질 상황은 뻔하기 때문이다.

나를 좋아하는 사람이
더 이상 나를 좋아하지 않기 시작하거나,

나에게 원하는 것이 있는 사람이
원하는 것을 얻고 떠나거나,

나를 항상 위로만 해 주는 사람 때문에
나에게 변화와 발전이 일어나지 않거나,

나를 위로해 주었던 사람이

나를 무시하기 시작하거나…

힘들고 어려운 일을 겪더라도

누군가 베풀어 준 한두 번의 위로를 감사히 여기고

스스로 털고 일어나야 하는 이유는

이토록 참 명확하다.

‘베프 월드컵’,
위로해 주는 사람 VS. 도움 주는 사람,
그 승자는?

[베프]

‘베스트 프렌드’를 줄임.

서로 뜻이 잘 맞으며 매우 친한 친구를 이르는 말.

누가 나의 진정한 친구인지 혼란스러울 때면

주말에 혼자 누워

천장을 바라보며

‘베프 월드컵’을 해 보자.

나와 가장 친한 사람들을

두 명씩 짝지어 머리에 떠올린 후

그중에서도 친하다고 생각하는 사람을

한 명씩 선택하고,

다시 두 명씩 짝을 지어.

최종적으로 자신이 생각하는

'베스트 프렌드'를 찾아내는 것이다.

두 명 중 한 명을 선택하는 게 어려우니

기준을 정하자.

나에게 힘든 일이 생겼을 때,

그들이 보여 줬던 태도와 행동으로 말이다.

대개 누군가 힘든 일이 생기면,

위로를 해 주거나 실질적인 도움을 주거나

둘 중 한 가지를 한다.

위로도 안 해 주고 도움도 안 주는 사람들은

굳이 나의 베프 월드컵에 참가시킬 필요가 없다.

결국,

내가 운이 좋은 사람이라면,

나에게 힘든 일이 생겼을 때

나에게 위로를 해 주고 도움을 준 사람이

나의 베프 월드컵 최종 우승자가 될 것이다.

이 최종 우승자는

정말 '베프'라고 불려도 되는 사람이다.

그런데,

베프 월드컵을 하며 순위를 매기다 보면

좀 헷갈리는 부분이 있다.

'위로나 도움 중에 하나만 준 사람이 있다면

어떤 사람이 더 베프라고 할 수 있나?'

'위로가 아닌 독설을 한 사람은

위로해 준 사람보다 베프가 아닌 건가?'

'위로를 해 주어 나의 마음을 편안하게 해 준 사람과,

독설은 했지만, 실질적인 도움을 준 사람 중

누가 더 베프라고 할 수 있는가?'

자신에게 이런 질문이 떠오르면
다시 천장을 바라보자.

그리고
그 당시 힘들었던 나를 떠올리자.
그리고 현재의 나도 떠올려보자.

만일 힘들었던 나의 인생을
더욱 긍정적인 방향으로 바꾼 사람이 있다면
그 사람을 우위에 두면 된다.

이상하게도
이런 관점으로 다시 베프 월드컵을 진행하니
베프의 순위가 바뀌어 버린다.
당시에 독설인 줄만 알았던 말들이
결과적으로 나에게 큰 도움이 되었거나,
당시에 누군가에게 들었던 위로의 말들은
현재는 '단순한 기억'으로만 남아있다는 점을

발견할 수 있기 때문이다.

아하, 그렇지. 하며

이런 생각도 하게 된다.

'독설도 결국, 나의 인생에 도움이 되는 위로였어.'

'위로를 받는 것만이 도움이 되는 것은 아니었어.'

'실질적인 도움을 준 사람은 절대 잊을 수가 없어.'

이런 생각들을 줄지어 보면,

결국, 베프 월드컵 최종 승자의 기준이 정해진다.

그 기준은

'묵묵히 나에게 실질적인 도움을 주고

내가 바뀌기를 기다려준 사람'이다.

사람이 힘들고 어려워지면

아무리 좋고 따뜻한 위로도,

아무리 도움이 되는 독설도,

모두 부담스럽고 귀찮은 법.

결국,

우리가 가장 베프로 삼고 싶고

이제껏 베프라고 생각했던 사람은

내가 힘들고 어려울 때

묵묵히 나를 지켜 주고

나를 실질적으로 도와주며

종국에는 내가 긍정적으로 변화하길 바랐던

바로 그 사람이었던 것이다.

내가 힘들고 어려운 일에 처했을 때

아무런 위로도 독설도 하지 않고

묵묵하게 실질적인 도움을 준 사람!

나의 긍정적인 변화를 간절히 바랐던 사람!

생각이 여기에 미치면,

주말의 여유로운 오전에 치러진

베프 월드컵의 최종 우승자는

사람이 아닐 수 있다는 점을

깨닫게 된다.

창밖으로

교회, 법당, 성당으로 향하는 사람들이 보인다.

그들은 모두 2천 년 전쯤 하늘로 돌아간

자신만의 베프를 만나러 가는 중일 것이다.

자신의 베프 월드컵, 그 최종 우승자를 경배하는 마음으로.

Q: 위로 안 받고 살고 싶어요

A: 가장 원하는 걸 이뤄 보세요

대개 강의, 책, 블로그, 유튜브들에서는

"(위로받지 않고) 당당히 살아가려면 어떻게 해야 하나요?"

라는 질문에 대해

다음과 같은 골자의 답들이 많다.

"자신을 사랑하세요."

"내려놓으세요."

"현실을 인정하세요."

"긍정적인 미래를 생각하세요."

"아닌 건 아닌 거라 말하세요."

"가급적 사람의 장점을 보세요."

.

.

.

다 맞는 말이다.

하지만 위로받지 않고 당당히 살아가기 위해

가장 필요한 것이 따로 있다.

바로 가장 원하는 것을 이뤄 보는

'성취'의 경험이다.

그럼,

성취의 경험이

어떻게 사람을 당당하게 만들고

위로만 받는 나약한 이미지에서

결국, 벗어날 수 있도록 만들까?

성취를 위해서는

일단 목표를 설정해야 한다.

그리고 그 목표는

자신이 가장 이루고 싶은 것이다.

사람은 누구나

자신이 이루고 싶은 꿈을 꿀 때 가장 행복하다.

그래서 인생에서 목표를 설정한 사람은

얼굴빛이 달라진다.

또한,

자신의 꿈을 목표로 설정한 사람이

하루하루 그 꿈을 위한 작은 성취들을 이루고

비로소 꿈을 이루고 나면

세상이 굴러가는 원리를 터득하게 된다.

이렇게,

꿈을 설정하며 행복해하고

하루하루 힘들었지만 그 작은 성취들을 하나하나 모아

마침내 자신이 바랐던 꿈을 이루어

세상이 굴러가는 원리를 터득한 사람은,

이제 전혀 새로운 사람이 된다.

자신이 원하는 것을 이뤄 본 사람만이 가질 수 있는

여유와 안목이 생기고,

원하는 것을 이루며 발생하는 힘겨운 일들은

'성취의 과정에 불과'한 것을 깨닫는다.

자신의 꿈을 이뤄 낸

많은 사람의 인내와 열정이

참 대단한 것이라는 점도

몸소 체험한다.

그리고 가장 중요한 것,

자신이 오랜 시간 품어 온 꿈을 이룬다고 해서

세상이 바뀌지 않는다는

큰 가르침을 얻는다.

가장 원하는 걸 이뤄 본 사람은

이제,

힘겹고 어려운 일에 쉽게 징징대지 않는다.

이제,

사람에게 쉽게 상처받지 않고

불필요한 감정 소모를 하지 않는다.

이제,

작은 실패가 일어나도

꿈을 이루는 과정의 시행착오 정도로 여긴다.

이제,

나의 힘겨운 상황을 바꾸는 것은

나 스스로에서 시작해야 한다는 걸 알게 된다.

그리고 마침내,

그 누구도 나의 힘든 상황을

명확히 이해하고 위로할 수 없다는 것을 깨닫는다.

잘 생각해 보면,

자신이 가장 원하는 걸 이뤄 본 사람은

우리 주위에 그렇게 많지 않다.

일반적으로 사람들은 자신의 꿈에 대해

친구와 밥 먹으며, 혹은 커피나 술 마시며 말할 줄이나 알지

꿈을 성취하기 위해 촘촘히 계획을 세우고

하루하루 꾸준히 달려 나가는 사람은

어떤 사람들 무리에도

그렇게 비율이 높지 않다.

대개는 고만고만한 사람들이

보이지도 않고, 잡히지도 않으며, 해 보지도 않은

허무맹랑한 꿈 얘기들을 한다.

노력을 해 보지도 않고,

작은 성취들을 모으지도 못한 채

그렇게 서로를 위로하고

또 위로받으며 살고 있다.

물론, 그렇게

허무맹랑하고 이뤄지지도 않을 꿈 얘기나 하면서

살아도 된다.

그런 삶이 무의미하다는 말을 하는 게

아니다.

그렇게 서로 위로하며 사는 삶이 너무너무 좋으면

그렇게 해도 된다.

때로는 위로라는 것이

삶을 견디게 하거나

즐겁게 만들어 주기도 하니까.

하지만

이제까지의 삶과 다른 삶을 살아 보고 싶다면

더 이상은 위로받아야 하는

나약한 이미지로 살고 싶지 않다면.

답은 정해져 있다.

목표를 설정하고,

작은 성취들을 달성하고,

비로소 자신의 꿈을 이뤄 내면 된다.

그래서

위로받으며 나약하게 살고 싶지 않다는 사람에게

건네야 하는 한마디는 정해져 있다.

"이제 정말,

네가 진짜 원하는 걸 찾고

열심히 해서 꼭 꿈을 이뤄 봐."

자주 위로받는 사람이라면,
나 자신을 돌아보는 것부터

이 책을 다 읽은 독자들이 '앞으로 절대 위로받지 말아야겠구나'라고 생각할까 걱정된다. 그렇게 책을 이해한 독자는 다시 처음부터 곱씹어 읽어 보기를 바란다.

이 책의 핵심은 아무리 힘든 상황이 와도 위로를 '함부로' 받지 말라는 것이고, 위로가 근본적인 해답이 될 수 없다는 것을 스스로 깨달아야 한다는 것이다. 아무리 힘든 일이 있다고 하더라도 타인에게 함부로 위로를 받지 말고, 굳이 위로를 받을 거라면 위로가 절대적인 답이 아니라는 것을 알기라도 해야 한다는 메시지를 전하는 것이다.

언제나 사람은 자신이 처한 상황을 제삼자의 시선에서 바라볼 수 있는 용기가 필요하다.

어떠한 일이 닥쳤을 때, 어렵고 힘든 일에 아파하는 자신을 바라보는 것은 참 힘든 일이다. 하지만 그마저도 나 자신의 모습임을 깨달아야 한다. 스스로 자신의 모습을 보며 자신이 그러한 사람임을 깨달아야, 비로소 스스로 바뀔 수 있는 작은 틈이 열리기 때문이다.

만일 당신이 여태껏 함부로 위로만 받기에 급급했던 사람이었어도 괜찮다. '나는 누군가의 위로에만 위안을 얻는 나약한 사람인가?'라고 생각하는 당신은 이미 바뀔 수 있는 사람이다. 자신을 바꾸려면 스스로 자기 자신에 대해 의심을 할 수 있어야 하는데, 당신은 이미 그런 사람인 것이다.

당신이 어렵고 힘든 일에 위로만 받기를 즐겼던 사람이라면, 이제부터는 위로받으려 하기 전에 스스로 충분히 돌아보는 연습을 하자. 당신은 어느새 새로운 사람으로 거듭나고 있을 것이다. 당신은 이미 할 수 있는 사람이 되었기 때문이다.